STRANGE

GENEVIÈVE DAMAS

STRANGE

roman

le courage

BERNARD GRASSET
PARIS

le courage

Collection dirigée par Charles Dantzig

L'auteur a bénéficié du soutien aux résidences de création littéraire
de la Région et la DRAC Grand Est et de la commune de Cormontreuil.

ISBN 978-2-246-83497-7

À Gaëlle Florack et Elie David
qui m'ont accompagnée
avec énergie, courage et humour.

The World Is Strange
Beautiful
And Strange
Like me

Nora

Je suis resté assis sur mon lit je ne sais combien de temps. Je pensais *S'il vient dimanche, je vais mourir*. Après une éternité, j'ai appelé Anna : « Mon père a décidé de passer à Bruxelles. Je me suis acharné à le faire changer d'avis, il a tenu bon. » Elle a répondu que cela me pendait au nez : « Cinq mois sans vous voir alors que tu es toute sa vie. La pandémie a bon dos, mais quand même. » Elle a ri, et tout s'est étranglé dans ma gorge.

Avant que tu descendes du train, il faut que je te dise deux ou trois choses. Ma vie à Bruxelles n'est pas exactement comme je te l'ai racontée. Si tu débarques sans savoir, tu pourrais en avoir un choc. Même si tu répètes qu'avec tes années de maton, à force, ton cœur est bien accroché. Face à face, je n'y suis pas arrivé. La dernière fois que je suis rentré à Arlon, j'avais pourtant préparé toutes les phrases, mais rien.

Je vais te dire tout et on verra bien.

Voilà.

C'est parti.

D'abord, il faut que je te dise que je t'aime
Quoi que tu lises, je t'aime.
De ça je suis sûr.
De ça je ne doute jamais.
(Si j'en suis réduit à écrire des mots que je n'ai jamais prononcés, ça ne va pas être de la tarte.)

Dès le début, je ne suis pas un garçon comme les autres. Je ne marche pas, je ne respire pas, je ne ris pas comme eux. Je déteste leurs jeux, leurs rites. À la maison et chez Mamy, je dessine des princesses, des fées, des châteaux et des chaumières. J'ouvre la malle à déguisements. Je m'invente une autre vie. Certains s'étonnent de mon manque de virilité. Tu dis que c'est normal quand on a perdu sa maman si jeune. Tu prends la faute sur toi : tu me protèges trop. Tout finira par rentrer dans l'ordre. C'est une question de temps, de confiance, de patience.

Henri raconte qu'à la mort de Maman, il t'a retenu de te jeter par la fenêtre. Il t'a dit : « Il faut que tu t'accroches pour le bébé. » C'est grâce à moi que, peu à peu, tu retrouves la force de travailler, de cuisiner, de remonter sur un vélo. Je suis la chance de ta vie.

À l'école, ce sont des coups dans la cour, les mots qu'on murmure dès que j'ai le dos tourné, la balle qui s'abat sur moi à la récré, tous les rires. J'aimerais devenir invisible. Tu m'inscris au foot. Tu répètes : « Un sport d'équipe te fera du bien », sans entendre mes « Je n'en ai pas très envie ». Tu dis que je ne peux pas passer mes journées à l'intérieur. Le foot est comme l'appétit, il vient en mangeant. Le premier jour, j'ai très mal au ventre. Au bout de cinq minutes sur le terrain, je comprends que cela n'ira jamais. Je déteste la compétition. Je n'aime pas qu'on tire mon maillot, qu'on me pousse, qu'on me donne des coups de coude, qu'on me tacle, qu'on me hurle des insultes pour me prendre la balle. Plus encore, je hais le vestiaire et les douches : quand mes coéquipiers pressent ma tête contre le carrelage et me font avaler du shampooing en criant : « La fille ! La fille ! »

Je ne te raconte rien. Je pense que je suis le problème puisque tous les autres s'en sortent. Je ferai plus d'efforts. Je ne veux pas te décevoir. Je ne veux pas que tu aies honte. Tu as déjà tellement souffert quand tu vivais chez tes parents et, puis après, avec la mort de Maman que tu as soignée et veillée comme personne. Alors, j'invente un petit garçon qui n'existe rien que pour toi : Raphaël le premier de la classe, admiré de tous, Raphaël l'inatteignable, Raphaël le sourire jusqu'aux oreilles, Raphaël le dur, Raphaël le brave. Tu n'y vois que du feu. Tu ne relèves pas que je ne suis jamais invité aux anniversaires. Peut-être que tu ne l'étais pas non plus, avec ta famille de branques.

Je m'enfonce peu à peu dans le mensonge. Il y a ce que je suis et ce que tu vois. Sauver les apparences me prend une énergie folle. Plus le temps passe et moins j'arrive à te parler de ce que je vis, de ce que je fais de mes journées, de ce que j'aime, de ce que je veux, de ce en quoi je crois. J'ai l'impression de tenir en équilibre sur deux échasses qui s'écartent résolument. Bientôt, je tomberai et finirai écrasé, comme un cafard.

En troisième primaire, Corinne, mon institutrice, me sauve. Elle n'élève jamais la voix. L'année précédente, je haïssais Monsieur Michel qui hurlait parce que j'étais trop lent, trop peureux, trop dans mon monde. Dès qu'on crie, mon dos se couvre de sueur et je ne comprends plus rien. La deuxième primaire est mon enfer, la troisième, mon paradis. Le vendredi, Corinne nous demande d'écarter les bancs et de nous asseoir en cercle. Elle prend sa guitare et nous apprend des chansons. Maman aussi faisait partie d'une chorale. Mamy m'a montré les photos où elle est habillée tout en noir avec ses cheveux relevés. On dirait une fée. J'aime penser que je suis né grâce à la musique. Un ami t'avait dit : « J'ai des places pour un concert. » Tu avais haussé les épaules : « Pourquoi pas ? » Maman chantait au premier rang et, tout de suite, tu n'avais regardé qu'elle.

Je t'ai toujours raconté que Corinne avait eu cette idée bizarre de me donner le rôle de la Marquise à la kermesse de l'école parce que ma voix était bien plus aiguë que celle de Lena alors que, bien sûr, j'aurais préféré jouer James dont la partie est plus longue ; que j'avais eu beau faire, elle était restée butée : « Ce sont des personnages qui n'ont rien à voir avec le réel. On s'en fiche que tu ne sois pas une fille ! » Cela ne s'est pas passé comme ça.

Un matin de mars, elle nous explique que, pour la fête de fin d'année, nous préparerons un récital. Elle nous fait entendre *Tout va très bien Madame la Marquise* et au moment où la musique résonne dans la classe, mon cœur bat plus fort. Elle annonce qu'elle cherche deux solistes pour interpréter le rôle de la Marquise et du majordome, qui seront habillés comme des nobles de cour. Avant même qu'elle ait fini sa phrase, je me surprends à lever le doigt : « Moi, Madame, moi ! » Elle tombe des nues : « Raphaël ? » Je n'ouvre jamais la bouche en classe. Beaucoup d'élèves se sont proposés.

Corinne ne sait qui choisir et annonce qu'elle organisera une audition pour nous départager. Après l'école, je cours à toute allure chez Mamy. Je lui dis que je veux chanter dans la lumière. Si je remporte l'audition, je serai la Marquise dans la robe blanche. Je dois réussir, sinon je resterai un cafard toute ma vie. Mamy ne partage pas mon enthousiasme : « Quelle idée, mon loup ! » Je me mets dans un tel état, je ne sais moi-même pourquoi, qu'elle finit par dire : « J'ai peut-être une idée. » Elle m'emmène dans sa chambre, ouvre la penderie, en sort un chapeau à fleurs roses et une vieille casquette de Papy. Elle propose qu'à chaque personnage, je passe un couvre-chef différent : le béret pour le majordome, la capeline pour la Marquise. Nous nous amusons comme des fous. Le soir, quand tu rentres de la prison, tu demandes comment s'est passée la journée. Je réponds : Magnifique, et, pour une fois, je ne mens pas.

Le matin de l'audition, je ne peux rien avaler. Tu refuses que je parte l'estomac vide, je me force à mâcher la moitié d'une tartine, mais dès que tu as le dos tourné, je crache tout dans la poubelle de la salle de bains. Dans la classe, j'ai mal au ventre et très chaud. Les auditions commencent. J'écoute mes camarades. Ils n'ont pas préparé comme moi, je n'en ferai qu'une bouchée. Seule Lena m'impressionne. Elle a une voix grave et puissante, « de chanteuse de blues » répète Corinne, et des yeux qui pourraient percer un mur. Je suis le dernier à passer. Je me lève. Mes jambes sont raides. Je serre les deux chapeaux dans mes mains. J'annonce à la maîtresse que je n'ai pas besoin que quelqu'un chante le rôle de la Marquise. Corinne joue l'introduction. Je passe la capeline, j'ouvre la bouche, ma voix sort, claire, étonnamment forte et c'est comme si, soudain, je pouvais être une autre, mes bras se délient, mes mains tournent et virevoltent comme je l'ai imaginé avec Mamy. Mes camarades me regardent, ce ne sont plus des airs moqueurs comme au cours de gym où tout le monde rit de me voir pétrifié en haut des espaliers, mais d'étonnement et de plaisir. Je passe ensuite la casquette de Papy, je me tiens raide, la bouche pincée, j'imite Nestor tenant un plumeau dans *Les Aristochats*. Je me sens libre, invicible, capable de toutes les audaces. J'arrive à la fin de la chanson, je me fige et j'attends. Mon cœur cogne dans ma poitrine. Il y a un silence interminable, puis la maîtresse applaudit à tout rompre, suivie par mes camarades. C'en est fini d'être un cafard. La cloche sonne pour la récréation. Dans la cour, je sens les yeux de Lena posés sur moi. De retour en classe, Corinne annonce que je chanterai la part du majordome, Lena celle de la Marquise. Je suis sacrément déçu. La maîtresse s'en rend compte : « Quelque chose ne va pas, Raphaël ? » Je réponds que j'aurais préféré la Marquise : « Vous avez dit que j'étais saisissant, qu'on y croyait vraiment. » Elle explique que je ne peux pas tout chanter, même si j'en ai le talent. Je suis un garçon, il est naturel que je prenne le rôle de James ; Lena, l'autre. C'est alors que le miracle se produit : Lena refuse d'être la Marquise, elle déteste les robes, la partie de James est plus longue. Je retiens mon souffle. Corinne nous regarde, désarçonnée ; elle réfléchit et finit par dire : « Pourquoi pas ? Au fond, pourquoi pas ? Si tout le monde est d'accord… » Le soir, je ne te dis pas un mot de ma journée, j'ai peur que tu en fasses toute une histoire. Je n'ai pas oublié ton regard un jour où chez Mamy, je suis descendu en déguisement de princesse. Tu es resté interdit, puis tu as crié : « Enlève ça tout de suite, c'est ridicule ! » Tu m'as ôté le déguisement en tirant si fort que les coutures ont cédé.

Le jour de la kermesse, quand Corinne m'aide à passer la robe à crinoline et la perruque à boucles, une douceur m'envahit. Elle finit de me maquiller, elle rit : « Une vraie princesse ! » Lena me prête les escarpins de sa communion. Nous attendons en silence dans les coulisses. J'ai tellement peur que je sens monter la nausée. La classe de Monsieur Claude quitte le plateau, c'est notre tour à présent. Nous entrons dans la lumière, j'entends les premières notes de guitare. J'ouvre la bouche, l'angoisse disparaît, je sens le public à mes côtés et je comprends que, sur scène, rien de mauvais ne peut m'arriver.

Nous quittons la salle de spectacle, je suis terrifié de ce que tu vas dire, comme si je réalisais l'énormité de la situation. Tu attends dans la cour, rouge, tendu. Tu ne sais pas si tu dois être honteux ou fier. Tu dis : « C'était vraiment très... très... », j'attends la fin de ta phrase, elle ne vient jamais. Je voudrais te rassurer, te dire qu'une robe, ça n'a rien de grave, c'est toujours moi, mais, à moi aussi, les mots manquent. Mamy rompt le silence en nous proposant un verre au bar. De nombreux parents viennent te féliciter pour ma prestation : « Quel talent ! C'était à s'y méprendre ! » Tu regardes à gauche, à droite, tu bredouilles, pour un peu tu t'excuserais. Peu à peu, tu te détends : si tout le monde applaudit, il n'y a pas de quoi en faire un plat, c'est la kermesse après tout. En fin d'après-midi, Corinne vient s'asseoir à notre table : « Alors, comment avez-vous trouvé Raphaël ? » Tu réponds : « Un peu spécial quand même » et comme il n'y a rien de positif dans ce « spécial », c'est une sueur glacée qui coule le long de mon dos.

L'année suivante, quand Corinne, qui n'est plus ma maîtresse, met sur pied une chorale le mercredi après-midi, je n'ose pas t'en parler. Les répétitions tombent en même temps que les entraînements du nouveau club de foot où tu m'as inscrit vu qu'ils ne m'ont pas gardé à l'autre. Je sais que tu as des soucis au travail, que Jérôme ne te parle plus. Certains soirs, tu rentres épuisé de la prison, tu ouvres la porte du frigo, tu en sors une bière, une deuxième, puis une troisième, un rien t'énerve – la soupe que je renverse, mon fouillis sur la petite table –, je ne veux pas en rajouter. À la fin d'une récréation, Corinne vient me trouver : « Raphaël, je suis étonnée que tu ne rejoignes pas la chorale. » J'explique que tu préfères que je fasse du sport. « Et toi qu'est-ce que tu veux ? » Je regarde mes pieds. Elle hoche la tête : « Ce soir, j'appellerai ton père. »

En rentrant de chez Mamy, je ne tiens pas en place. Tu me crois dans ma chambre, mais je traîne dans la cuisine à décompter les minutes. Je me dis que peut-être, Corinne a dit ça en l'air. Elle n'appellera jamais. Tu es en train de regarder la télé. Soudain le téléphone sonne. C'est elle, je le sais. Tu mets un temps fou à répondre, j'ai peur que tu penses qu'il s'agit du travail, comme certains soirs où tu grommelles : « Ils n'ont qu'à aller se faire voir ! » et tu ne décroches jamais. Enfin, tu réponds. Je ne perds rien de ce qui se dit. J'appelle Maman dans ma tête en lui demandant d'arranger tout. Elle seule a la manière avec toi. Le lendemain matin, au petit déjeuner, quand tu demandes : « Tu voudrais arrêter le foot ? », je te regarde droit dans les yeux.

Nous sommes une vingtaine dans le chœur de Corinne, avec, tu as raison, une majorité de filles. Les jours de chorale, je me rends à l'école en courant. Corinne répète que je n'ai pas mon pareil pour monter dans les aigus. Nous travaillons des airs de Joe Dassin, d'Yves Duteil, de Charles Aznavour, de Barbara et aussi un extrait de la comédie musicale *Les Misérables* où elle me confie le solo de Gavroche – « Je suis tombé par terre, c'est la faute à Voltaire… je suis petit oiseau, c'est la faute à Rousseau » –, je récolte un véritable triomphe au concert que nous donnons à Noël, avec ma casquette à l'envers, mon maquillage, ma chemise blanche, mes bretelles et mon pantalon déchiré. Ce jour-là, tu ne peux pas venir, tu as été rappelé d'urgence à cause d'un d'incendie dans l'aile C.

Depuis l'enfance, j'aime me déguiser. Déguiser n'est pas le mot. Aimer, non plus. Disons que j'ai un besoin vital et irrépressible de porter des vêtements qui me correspondent. Des habits féminins. Quand je les passe, comme lorsque je joue le rôle de la Marquise, je me sens à ma place. Avec le sweat warrior que tu aimais tant et mes baskets noires, je me suis toujours trouvé à côté.

Si j'étais né dans un corps de femme et si je m'habillais en homme, personne ne trouverait à y redire. Peut-être même que personne ne le remarquerait. L'inverse est saugrenu, grotesque, laid. Pourquoi ? C'est le même geste pourtant.

Du plus loin que je me souvienne, peut-être depuis ton regard courroucé sur mon déguisement de princesse, je prends l'habitude de cacher ma manie derrière des portes, des armoires fermées à clef. Les vêtements que je passe en secret sont écrasés sous des piles de livres, au fond de ma garde-robe ou sous mon matelas. Ils traînaient chez Mamy ou Tante Valérie dans un sac à donner et hop, par le plus grand des hasards, ils atterrissent dans mon cartable. Je n'en parle à personne. J'ai trop honte. Certains jours, je me persuade qu'il faut que j'arrête. Je balance tout aux ordures, mais quelques semaines plus tard, la manie me reprend.

Quand je gagne le concours de dessin en deuxième année au collège, je reçois un chèque cadeau de 100 euros pour le magasin Art et Décoration. Tu proposes de m'y conduire, je répète : « Non, ne te dérange pas. » Tu as beau insister, je tiens bon.

Je n'y suis jamais entré, même si nous passons devant pour nous rendre au garage. Ce n'est pas l'envie qui manque, simplement, je n'ose pas te dire : « Papa, allons-y. » Ce jour-là, après l'école, je cours le long de la grand-route en direction du zoning. Je crois que j'y arrive en moins de vingt minutes. Les portes automatiques s'ouvrent devant moi. Je découvre un paradis de couleurs. Comme je l'espérais, Art et Décoration ne propose pas uniquement de la peinture et du matériel de bricolage, mais aussi, tout au fond, une profusion de maquillage : blush, fards à paupières, rouges à lèvres, perruques. Je laisse courir mes doigts sur les gloss, je frôle les cheveux synthétiques. Je ne sais que choisir, tout me paraît splendide. Finalement, j'opte pour une paire de faux cils, de la colle, du démaquillant, puis je m'arrête devant les vernis à ongles. Il y en a tant. Je choisis des couleurs qui flashent : fuchsia, argenté, doré, turquoise, orange, vert fluo... et du dissolvant. À la caisse, alors que l'employée ne me demande rien, je m'entends bredouiller : « C'est pour un cadeau. » En bonne commerçante, elle me suggère d'acheter un joli sac d'emballage, alors, comme je n'ai plus assez, j'abandonne à contrecœur un des vernis. Sur la route du retour, je cours à perdre haleine. Tu vas bientôt rentrer. Je file dans ma chambre et cache ce que j'ai acheté dans ma taie d'oreiller. À table, tu demandes ce que j'ai choisi – des pinceaux, des couleurs, du papier ? –, je noie le poisson : « Un peu de tout. » Tu aimerais que je te montre mes fournitures. Je secoue la tête, j'invente que je prépare une surprise pour les fêtes en croisant les doigts pour que d'ici là tu n'y penses plus. Tu souris : « Comme tu veux. » Et tu n'y reviens pas. Tu respectes mes secrets. Toi aussi tu as les tiens.

Le lendemain, après l'école, je rentre à toute allure. J'allume ma petite radio. Je choisis de la musique douce. Je galère avec les faux cils. Je mets trop de colle sur mes paupières. Mes doigts tremblent. Rien n'est droit. Enfin, cela ressemble à quelque chose. Je dispose tous les vernis sur le bureau. Chaque doigt aura sa couleur. Je passe la laque sur chaque ongle avec soin, comme j'ai vu Mamy le faire. D'abord, une première couche, puis une seconde. J'agite mes doigts pour que la couleur sèche plus vite. Puis je brosse mes cheveux en arrière, je passe mes mains sur mon visage : je suis Nora – le nom que vous aviez arrêté si j'avais été une fille.

Tu veux que j'aie un avenir plus brillant que le tien. Je quitte notre petite école pour le meilleur collège de la ville. La veille de la rentrée, tu dis : « Tu ne peux pas garder ces boucles, tu es grand maintenant. » Je n'ai pas envie de me couper les cheveux. Tu insistes : « Ils vont te traiter de fille. » Tu me conduis chez le coiffeur. Tu demandes qu'il dégage bien la nuque et aussi derrière les oreilles. Je suis écarlate. Je me regarde dans la glace pour la dernière fois. Le coiffeur commence son sale travail. Mes boucles tombent une à une sur le sol. Je vois apparaître un visage que je ne connais pas, sec, sans rondeurs. Une face de garçon. L'après-midi, nous allons au supermarché, j'aperçois Mamy de loin avec ses cheveux blancs comme des nuages. Je n'ose courir vers elle tant j'ai honte de ce que je suis devenu.

Son regard tombe sur moi par hasard au détour d'un rayon. Elle a un moment d'hésitation, puis elle me reconnaît. Elle s'approche, voit mon air désolé et me caresse ma joue : « Cela repoussera vite, mon loup. »

Les cheveux ne protègent de rien, Papa. Tout de suite, je suis pris en grippe par la bande à Lucas Dufour, le fils de l'avocat. Ils me traitent de fiotte, de pédé, de salope. Chaque journée se transforme en cauchemar.

Mes notes sont bonnes, pourquoi t'inquiéter ? Je ne te raconte pas ceux qui m'attendent systématiquement à la sortie de l'école pour me pourrir la vie, je ne te dis pas les récréations enfermé dans les toilettes, je ne te parle pas de mes affaires balancées derrière le grillage. Tu t'étonnes : « Tu ne racontes jamais rien ! » Tu mets cela sur le compte de l'adolescence. Tu demandes : « Tu n'inviterais pas quelqu'un ? » Qui inviter puisque je ne parle à personne ? Tu t'imagines que je suis gêné de montrer notre petit rez-de-chaussée : « Ce n'est pas le même monde », et même si cela me pince le cœur que tu le prennes en pleine face, je ne te détrompe pas.

La vie serait plus simple si j'étais mort. Tu as tellement souffert avec Maman, il faut que je trouve quelque chose pour mourir sans être mort. Un matin, j'ouvre l'armoire dans laquelle tu ranges tes bouteilles d'alcool. J'avale une gorgée de vodka, puis une deuxième. Le goût est tellement spécial qu'il fait tousser. Je replace la bouteille derrière les autres pour que tu ne remarques rien. Au bout de quelques instants, le monde paraît amorti. Le matin suivant, je pars avec un peu de vodka dans ma gourde et le jour d'après pareil. Ta bouteille n'a qu'un temps, je dois m'organiser. Avec l'argent de poche de Mamy, je me mets à soudoyer des grands. Je n'imaginais pas que ce serait si facile. Pour une commission d'un ou deux euros, j'ai accès à tous les trésors de l'épicerie du Paki. Je m'enfonce toute la journée dans un univers matelassé. Parfois, je somnole au fond de la classe. Mes points chutent. Comme je ne suis pas le pire, les professeurs ne s'inquiètent pas. J'augmente peu à peu les doses et les fréquences. Un matin, je m'écroule au cours de gym. Je ne réagis ni aux paroles, ni au toucher. L'école appelle l'ambulance. L'éducateur tente de te joindre. Heureusement, tu es en formation.

Il contacte Mamy. Quand je reprends connaissance, je suis à l'hôpital, une perfusion dans le bras. Elle est assise à mes côtés : « Tu m'as fait une de ces peurs, mon loup. » Le médecin entre dans la chambre, il dit que pour un peu, j'y serais resté. Je demande pardon, j'explique que je ne voulais pas faire de peine. Mamy demande pourquoi j'ai agi ainsi. Y a-t-il quelque chose que je ne dis pas ? Je ne sais que répondre. Je fonds en larmes. J'explique que c'est la première fois que cela se produit. Je ne le ferai plus jamais. Je ne veux pas que tu saches, tu auras honte. Si tu l'apprends, je me jetterai par la fenêtre. Au début, Mamy pense que je ne suis pas sérieux. Elle tente de me calmer en passant sa main dans mes cheveux. Tu es mon père, elle ne peut pas faire ça. Mais je me mets dans un tel état qu'elle finit par céder. Le soir, nous te racontons que je suis allé aux urgences parce que je suis tombé d'un coup au cours de gym, ce qui n'est pas tout à fait faux. Et tu m'envoies chez le docteur Mayens pour un bilan complet.

Heureusement il y a Neige qui ne me regarde jamais comme un monstre ni comme une erreur. Quand j'arrive chez Mamy, elle m'attend derrière la porte et me suit à travers la maison. Elle se cale sur mes genoux lorsque j'étudie ou que je regarde la télé. Les nuits où je dors dans la chambre de Maman, elle ronronne contre moi.

Un jour que je te dis qu'elle est ma meilleure amie, tu éclates de rire : « Arrête de raconter n'importe quoi. » Il a suffi que le chien de tes voisins te morde quand tu étais petit pour que tu mettes tous les animaux dans le même sac : « Il ne faut jamais leur faire confiance. » Tu me racontes des histoires horribles. Quand Neige s'approche de toi, tu la repousses d'un geste brusque et, à chaque fois, cela me tord le ventre.

Le jour où Mamy appelle pour dire que Neige est arrivée au bout et qu'elle va l'emmener chez le vétérinaire pour qu'elle cesse de souffrir, je sanglote au téléphone. Cela te rend dingue : « Tu ne vas quand même pas te mettre dans cet état pour un chat ! Que feras-tu le jour où je serai mort ? » Je ne sais pas. Je ne sais pas si je pleurerai plus fort.

Heureusement je chante encore en privé chez Corinne. Elle a mis sur pied un chœur avec les anciens de primaire dont Lena fait partie, elle aussi. Parfois, j'y vais en dehors des répétitions. Corinne me fait écouter des morceaux de musique pour avoir mon avis. Nous les essayons à deux voix. Quand elle sourit, il y a une place pour moi dans ce monde.

À quatorze ans, mon corps se transforme irrémédiablement. Jusqu'alors j'avais réussi à me réfugier dans un espace où rien n'était perdu ; à présent, il n'y a plus de doute, j'aurai un corps, des muscles, des poils, un sexe et une odeur d'homme. Je perds ma voix d'enfant, je passe de l'aigu au grave dans des ratés incontrôlables qui font mourir de rire mes camarades. Corinne propose que, pour quelques mois, je sois exempt de solo.

Je donnerais ma vie pour qu'on me rende ma voix d'avant. Juan qui a onze ans chante les airs qui étaient les miens il y a quelques semaines encore. Les mois passent, je me fais une raison. J'ai de la chance. Ma voix reste relativement aiguë pour un homme. Cela aurait pu être pire. J'aurais pu avoir celle d'André si grave qu'elle fait sursauter.

Corinne complimente mon timbre de ténor et mes liés élégants. Elle me confie des solos de plus en plus difficiles, comme *Le Blues du businessman* qui demande une grande souplesse vocale. Un jour, à la fin d'une répétition, elle demande à me parler. Je m'inquiète d'avoir fait quelque chose de mal, elle éclate de rire : « Mais enfin, Raphaël ! » Elle voudrait aborder mon avenir. Si je souhaite aller loin, il faudrait que j'apprenne à lire la musique : « Pour que tu aies toutes tes chances, Raphaël. » Adolescente, elle rêvait de devenir chanteuse, mais au moment de choisir ses études, elle a eu peur du risque. Elle l'a toujours regretté : « On n'a jamais tort de rêver grand. »

Elle ne veut pas que je fasse la même erreur, et d'une certaine manière, comme toi, elle refuse que je marche sur ses traces. J'explique à Corinne que tu n'as aucun diplôme et que tu voudrais que j'aille à l'université. Elle demande : « Mais toi, Raphaël ? » Je préférerais faire quelque chose pour moi. Elle dit : « C'est maintenant qu'il faut se battre. » Je rentre à la maison et, sur le chemin, je me répète : « Je peux y arriver. Je peux le faire. » Tu rentres, tu t'installes dans le canapé, je t'apporte une bière. J'explique que je voudrais m'inscrire à l'académie en solfège. Tu écoutes attentivement. Tu dis : « Il te reste deux ans. Il ne faudrait pas s'éparpiller. » Je te promets que je réussirai encore mieux. Le solfège, c'est seulement trois heures par semaine. Tu finis par reconnaître que Maman aussi aimait ça et, dans ta bouche, je ne sais pas bien s'il s'agit d'une joie ou d'une souffrance.

Je suis heureux au solfège. Andy, le professeur, vient de Bastogne, il déborde d'énergie. Je le trouve beau, avec sa peau mate, ses longs cils et ses cheveux noirs qu'il attache avec un ruban. Il commence toujours le cours en nous faisant entendre un morceau de musique. Je découvre

Carmina Burana de Carl Orff, *L'Hiver* de Vivaldi, *La Polonaise* de Chopin. Andy est exigeant, mais juste. Il insiste sur un travail régulier. Un jour que je déchiffre une partie à vue devant la classe, il déclare : « Très belle voix, Raphaël. » J'ai envie de hurler de bonheur.

De temps en temps, nous allons boire un verre après le cours. J'aime quand il me parle de lui, quand il raconte qu'il a refusé de reprendre la ferme familiale et a annoncé à ses parents qu'il est homosexuel. J'envie son courage. Un soir, je me jette à l'eau : « Crois-tu que je pourrais chanter ? » Il éclate de rire : « Qu'est-ce que tu as fait durant deux heures ? » Je précise : « Comme métier. » Andy répond que personne ne peut le dire. Il faut beaucoup pour réussir : le travail, le tempérament, la ténacité, la chance, les rencontres. « Il faudra que tu t'accroches. Ce ne sera pas facile. » Il recommande qu'après le collège, j'entre au Conservatoire de Bruxelles. C'est là qu'il a étudié.

Tes journées, ce sont des portes, des contrôles, des détecteurs, des horaires, des règles, des procédures, ce qui est blanc, ce qui est noir. Peu à peu, la prison s'imprime en toi. Tu la ramènes à la maison. À force de croiser le pire de l'humain, tu ne te fais plus d'illusion sur rien. Tu ne t'abandonnes jamais. À tes côtés, moi non plus.

Un jour, nous partons à Liège voir Standard contre La Gantoise, avec Henri et Jérôme. Dans la voiture, ils parlent d'un gars à l'infirmerie, tout le monde lui est passé dessus : « ils lui ont bien cassé le cul, à se demander s'il pourra encore un jour s'asseoir », et même si vous répétez que ce n'est pas drôle, vous ne pouvez vous empêcher d'en rire : impossible la vie qu'on leur fait mener aux fiottes, aux femmelettes, aux tarlouzes, aux lopettes, aux pédales. Vous évoquez à demi-mot ce qui leur arrive au préau, sous les douches – les moqueries, les humiliations, les menaces, les agressions : « C'est la loi des détenus dans laquelle les matons n'entrent pas ! » Chacune de vos paroles me terrifie.

Je n'ai pas de mots pour nommer ce que je suis. Je ne sais pas pourquoi mon cœur cogne quand je parle avec Andy. J'ignore si je suis un pédé, comme vous dites. Je ne sais rien.

Il faut que je quitte Arlon, sinon je mourrai de l'intérieur. Je me sens coupable de te laisser. Je ne sais comment te le dire. La dernière année, tu ne cesses de demander quel métier je ferai. Je noie le poisson en répondant que j'hésite encore. Cela t'inquiète : « Il faudrait que tu te décides, bon sang ! »

D'où tu viens, l'art n'existe pas. Tu ne jures que par l'université. Durant des semaines, je redoute ce qui arrivera quand je te dirai que je ne veux pas y aller. Un jour que tu fais l'horaire du soir à la prison, je file chez Mamy. Elle voit tout de suite que quelque chose ne tourne pas rond : « Qu'est-ce qu'il y a, mon loup ? » J'explique que je veux devenir chanteur. Il n'y a rien qui me donne plus de joie. Elle sourit : « Ta mère était mordue, elle aussi. Tout son temps libre, elle le passait à la chorale avant de rencontrer ton père. » J'annonce que je dois partir à Bruxelles. Elle cesse de sourire : « Cela ne va pas être simple. » Je la supplie d'être à mes côtés quand je te l'annoncerai. Elle dit : « Samedi, quand vous serez tous les deux à la maison. » Nous prévoyons de te parler au dessert. Elle cuisinera la croûte aux fraises que tu aimes. « Prépare bien tes arguments, mon loup. » J'ai un mal fou à m'endormir.

J'apporte la croûte. Tu te redresses sur ta chaise : « De la croûte, c'est merveilleux, Françoise. » Je la dépose sur la table. Je ne m'assieds pas. Je te balance tout. Je voudrais organiser les mots pour ne pas te faire de peine, mais je n'y arrive pas. Je te vois te réduire sur ton siège, mais je continue. Tu ne t'attendais pas à ça. Tu tentes un : « Maman avait un métier et elle chantait le soir », je te réponds que, le soir, ce n'est pas assez. Le chant doit prendre toute la place. Tu redoutes que j'aille à Bruxelles. Cette ville est trop grande : « Comment tu vas te débrouiller là-bas ? », je dis que le monde change. On ne peut plus passer toute une vie à Arlon. Tu demandes pourquoi je n'étudierais pas plutôt au

Luxembourg. C'est à une demi-heure. Je partirais le matin et je reviendrais le soir. Je tiens bon. Je pulvérise un à un tous tes arguments. Tu repousses ton assiette. Tu n'as pas touché à la croûte. Tu annonces que tu vas rentrer à la maison. La semaine a été dure à la prison. Nous débarrassons la table, Mamy me regarde : « Je t'ai trouvé injuste, mon loup. On aurait dit un tribunal. N'oublie jamais d'où il vient. Il t'a donné l'amour qu'il n'a pas reçu. »

Je pense qu'il te faudra des semaines pour accepter, mais, le soir, tu dis que si c'est ce que je souhaite, tu m'aideras. Tu me parles du site 1Toit2Ages qui propose des chambres à tarif démocratique chez des personnes âgées moyennant quelques services, « Louer un studio est impossible » – c'est dire que tu as cogité toute l'après-midi. Je suis tellement estomaqué que j'oublie de te dire merci.

Ma professeure de chant au Conservatoire n'a rien à voir avec Corinne. Tu la détesterais. Elle nous mène une vie impossible. Elle ne s'inquiète jamais de ce que l'on vit. Elle était cantatrice et ne voulait pas enseigner. Du jour au lendemain, elle a perdu sa voix, alors il a bien fallu qu'elle s'y colle. Elle poursuit désormais sa carrière à travers ses élèves. Il faut que nous brillions pour que cela rejaillisse sur elle. Dans les couloirs du Conservatoire, on murmure que si nous survivons à Soledad García, rien ne nous résistera.

Andy m'a conseillé d'étudier le chant classique : « Après, tu pourras faire tout ce que tu veux : du jazz, de la variété, tout. » Il m'a recommandé Soledad : « La meilleure. » Je lui fais confiance. Elle exige de rencontrer les élèves avant l'examen d'entrée. Je l'appelle pour prendre rendez-vous. Je suis tellement intimidé que je m'embrouille au téléphone. Sa voix teintée d'espagnol claque dans mes oreilles : « Je ne comprends rien, Monsieur. » Elle me demande de préparer deux morceaux : « Dans quinze jours, vous viendrez. » Avec Andy, nous travaillons d'arrache-pied.

Je prends le train pour Bruxelles bien à l'avance. Soledad habite dans un appartement au centre de la ville. J'arrive une demi-heure trop tôt. Je fais des allers-retours dans le quartier. Je découvre cette ville où je ne suis presque jamais venu et où j'espère vivre. À l'heure prévue, je sonne. Je monte au deuxième. Je découvre une petite femme volumineuse, habillée tout en noir. Soledad me fait entrer dans un salon où trône un piano à queue, elle s'assied sur un canapé. Elle ne me propose pas d'en faire autant, je reste donc debout. Elle demande : « Qui êtes-vous ? » On dirait un interrogatoire. Je commence à parler, trop bas à son goût, elle m'interrompt : « Vous êtes caché à l'intérieur. Sortez, Monsieur. » Je me jette à l'eau. Je raconte Arlon, notre vie à deux, Maman et, au début, Soledad la croit toujours vivante. Je la détrompe, elle fait : « Le malheur est précieux pour le chanteur. Moi, avant que j'attrape ce nodule sur ma corde vocale et que cet imbécile de médecin me saccage ce que j'avais de plus beau, je puisais dans la douleur, Monsieur. » Puis, elle me demande de me lever et de lui présenter ce que j'ai préparé. Avec Andy, j'ai travaillé *Rose, Meer und Sonne* de Schumann, que Maman a chanté dans sa jeunesse, et *Con te partirò* écrit pour Andrea Bocelli que nous écoutions souvent, toi et moi. Elle grimace : « Très mauvais choix, le Bocelli, de la chansonnette. » J'ai envie de tourner les talons et de remonter dans le premier train. Soledad s'assied au piano, mon cœur cogne, elle me donne la première note, je prends une grande inspiration et c'est parti.

Je chante pour Maman, j'imagine qu'elle est à mes côtés, qu'elle me tient la main et il se passe un miracle, Papa. Les murs, le salon de Soledad, la rue, Bruxelles, le noir de ma tête disparaissent, il n'y a plus que ma voix claire et Maman. Quand j'arrive au bout, j'attends que Soledad commente ce qu'elle a entendu, j'entends seulement : « La suite, Monsieur. » J'entame le Bocelli, peu importe ce qu'elle pense. Je ne donne pas trop de volume, je chuchote presque, je veux offrir à

Maman une berceuse, pour qu'elle puisse se reposer là où elle est. Je chante comme on rassure un enfant fragile. *Tu, mia luna, tu sei qui con me. Mio sole, tu sei qui con me, con me, con me, con me.*

Je m'arrête. Je regarde Soledad. Elle m'ordonne de m'asseoir. J'obéis. Elle ne me complimente pas, juste : « J'ai entendu quelque chose, Monsieur. » Elle demande pourquoi j'ai choisi Schumann. J'explique que j'ai grandi avec l'enregistrement de cet air que Maman chantait. Elle veut savoir comment je suis arrivé jusqu'à elle. « Mon professeur de solfège dit que vous êtes un grand maître. » Elle doute que j'aie la force de la suivre : « Je suis dure comme les pierres, il ne faudra pas se plaindre. » Je murmure que je suis prêt à tout donner. Il y a un silence, Soledad sourit pour la première fois : « Monsieur, vous m'avez arraché le cœur avec ce stupide Bocelli. » Mon corps se déplie. Son visage se durcit à nouveau : « Vous avez une voix, mais personne ne l'a prise pour en faire quelque chose. Vous ressemblez à un palais où le marbre traîne à terre. Il faut tout construire, Monsieur. » En me raccompagnant à la porte, elle m'annonce que je ne dois pas m'inquiéter pour l'examen d'entrée, ce sera une formalité. Je t'appelle aussitôt. Tu dis : « Bravo, je suis si fier, mon chaton », mais derrière les mots, il y a une note triste dans ta voix. Comme si tu avais secrètement espéré que je ne sois pas pris.

Corinne hurle de joie quand je lui annonce que je suis accepté au Conservatoire. Elle me fait promettre de lui donner régulièrement des nouvelles : « Grâce à toi, je vivrai cette vie dont j'ai tant rêvé. »

Tu as pris congé pour la journée. La voiture est pleine à craquer. Tu t'énerves dès que nous atteignons le ring. Sur les grands boulevards, tu dis : « Ce n'est pas possible cette ville. Tout ce bruit et ce béton ! Ils ne savent pas que la nature existe, ces Flamands ? » Moi, je regarde par la fenêtre, je vois la ville immense, j'adore.

Nous arrivons chez Madame Barbieri, elle me plaît tout de suite avec la salade de fruits qu'elle a préparée. Tu grommelles dès qu'elle a le dos tourné : « Au début cela va toujours ; dans deux mois, on en reparlera. » Tu ne trouves rien de positif parce que tu as le cœur gros. J'aime ma chambre sous les toits, la mezzanine, la fenêtre où, de mon lit, j'aperçois le ciel. Je n'ai jamais eu un espace aussi grand. Heureusement,

Madame Barbieri aime la musique. Cela ne l'ennuie pas de m'entendre chanter. Je pensais que cela me pèserait de lui faire les courses et de m'occuper du jardin et, en fait, non. Je me sens plus chez moi. Le dimanche midi, elle m'invite à déjeuner. Elle me raconte le Congo où elle a vécu avec son mari, tous les pays qu'elle a traversés. Nous avons si peu voyagé, toi et moi.

Tu disais que tu reviendrais tous les deux mois, mais comme au retour tu t'es perdu et tu t'es pris tous les embouteillages, tu redoutes de descendre à nouveau dans la capitale. Cela m'arrange. J'aménage ma chambre à ma guise, je peins un mur de couleur fuchsia. Je te le montre sur mon téléphone. Tu dis : « Quelle idée ! »

À Bruxelles ça ne m'inquiète plus que nous n'ayons pas les mêmes goûts.

Je respire mieux : personne ne se préoccupe de personne. Chez nous, tout le monde savait tout sur tout.

Au début, je suis assidu au Conservatoire, j'ai tant à apprendre. J'assiste aux leçons de mes camarades pour découvrir de nouveaux airs, comprendre les secrets de la voix et de l'émotion. Soledad répète que travailler le chant ne suffit pas. Il faut s'intéresser à la vie des compositeurs, apprendre les langues, connaître le monde qui nous entoure. Sans cela, un artiste n'a rien à dire. Elle demande que chacun de nous lise le journal. Je ne connais que *La Dernière Heure* que tu achètes pour les comptes rendus du foot. Elle éclate d'un rire mauvais : « Un vrai journal, Monsieur. » Un matin, alors que je suis seul dans la classe, elle raconte comment, avec ses parents, elle a quitté le Chili en pleine nuit parce que son père était menacé de mort ; les hurlements de sa nourrice quand elle est montée dans la voiture qui l'emmenait à l'aéroport. En Belgique, ils n'avaient plus rien. Son père a travaillé comme conducteur de tram alors qu'il avait une haute fonction dans son pays. Au bout de quelques mois, il a été emporté par la maladie. Sa mère a subvenu à leurs besoins en faisant des ménages. « On ne se remet jamais d'avoir quitté sa patrie, Raphaël. Jamais. » Et je comprends que sa méchanceté vient de son malheur. Toi, la douleur ne t'a pas rendu mauvais, au contraire.

Un jour, je t'entends dire à ton ami Henri : « J'ai toujours aimé les femmes ; un homme je ne pourrais pas. » Comme si avant d'aimer quelqu'un, tu choisissais une enveloppe corporelle. Je ne suis pas comme toi. J'aime une âme. Elle peut se trouver dans le corps d'un homme ou d'une femme. Adolescent, je pensais que j'étais malade ou homosexuel ou bisexuel. Plus j'avance et moins je sais et, au fond, cela n'a pas d'importance.

Ce jour-là, Soledad demande si nous nous rendons au concert ou à l'opéra. Comme nous sommes plusieurs dans la classe, je ne comprends pas tout de suite qu'elle s'adresse à moi. Elle insiste : « Je vous parle, Raphaël. » Tout le monde me regarde. Je suis mortifié. J'explique qu'à Arlon, il n'y a pas autant qu'à Bruxelles.

Avec toi, je suis surtout allé au foot. Un journal traîne sur la table, elle demande : « Ouvrez, Monsieur. Regardez ce que l'on donne ce soir à La Monnaie. » Je cherche et puis je lis : « *Tosca*. » Soledad explique que c'est la première représentation, ce soir-là, en Belgique, avec un grand chef d'orchestre : « Connaissez-vous l'histoire de *Tosca* ? » Je regarde le sol. « Si on veut chanter, il faut connaître Puccini qui a composé cet opéra, Monsieur, et Tosca, l'héroïne qui donne tout pour l'amour. » Elle m'ordonne d'aller le voir le soir même. « Sinon, je ne vous veux plus, Monsieur. »

Je quitte le Conservatoire aussitôt. Je serre l'écharpe de Maman qui m'accompagne toujours – à force, des trous sont apparus au-dessus des franges, je la répare du mieux que je peux. J'arrive à seize heures trente à La Monnaie. Devant moi, dans la file, une femme blonde, menue, un pinceau au travers du chignon. Je ne la vois que de dos, je pense *Une belle allure*. Je demande : « C'est bien l'endroit pour les places de ce soir ? » Elle se retourne, je découvre son visage mangé par un large angiome. Ses traits sont fins, mais la tache de vin ruine tout. Elle entame la conversation : « Il paraît que l'opéra de ce soir est magnifique. » Je bredouille que je n'en ai encore jamais vu. Elle sourit : « C'est ta première fois ? Tu aimeras, j'en suis sûre ! » Une file s'est formée derrière nous, il y a bien une dizaine de personnes à présent. Je m'inquiète : « Tout le monde pourra rentrer ? » Quand notre tour arrive, il reste deux places, l'une à côté de l'autre, au dernier balcon. La représentation est prévue à vingt heures : « À tout à l'heure », me glisse-t-elle en s'en allant.

Je ne rentre pas chez Madame Barbieri. Je marche dans les rues, l'air est doux, j'atteins le Parc royal, je m'assieds sur un banc. Je pense à Maman, j'ai l'impression d'être si près d'elle parfois. Bientôt, il est dix-neuf heures, je reprends la route vers La Monnaie. Dans le hall, je découvre les spectateurs habillés comme pour un mariage. Dans mon jean et mon pull, j'ai envie de mourir. Une main s'agite dans ma direction, c'est la jeune femme de la file : « Viens ! » Nous montons les escaliers, je glisse : « Mes fringues, c'est la honte. » Elle éclate de rire : « On s'en fiche. Le spectacle n'est pas dans la salle. » Nous atteignons le dernier balcon. Nous nous asseyons. Anna – c'est elle – aperçoit des places libres au parterre, à deux pas de la scène. La sonnerie retentit. Elle me glisse : « Suis-moi. » J'obéis sans comprendre. Nous courons dans les escaliers pour atteindre le troisième rang. « Pour ta première fois, c'est mieux ici ! »

Le rideau se lève et je découvre un décor incroyable : un mur de pierre, avec des vitraux, du lierre, un grand escalier. Le chant entre dans mon cœur. Tout est faux, mais je ne peux m'empêcher d'être joyeux, ému, désolé de ce qui arrive à Tosca. Je me mets à espérer qu'elle sauvera son amant. À l'entracte, lorsque les lumières se rallument, Anna se tourne vers moi : « Tu aimes ? » Je hoche la tête. Elle propose de m'offrir un verre. Nous arrivons au foyer, une foule se presse, Anna demande ce que je désire, je dis : « Une eau plate. » Elle éclate de rire : « Ah non, c'est ta première soirée à l'opéra. Deux vins rouges ! » Je n'ai plus touché à l'alcool depuis mon accident au collège. J'ai peur de ce qui pourrait arriver. Le verre me semble énorme. J'y trempe mes lèvres sans rien avaler en espérant donner le change. Anna s'en aperçoit : « Tu n'aimes pas ? Je n'aurais pas dû te forcer. J'ai été idiote. » Je dis que je n'ai pas l'habitude de boire, c'est tout. Elle me demande de lui parler de moi. Je raconte notre vie à Arlon, j'explique que je viens d'arriver à Bruxelles, je ne connais rien. Elle a quinze ans de plus que moi, son grand-père était grec, mais elle n'a jamais appris la langue. Elle le regrette. Elle travaille comme costumière de théâtre. Elle adore son métier, même si, enfant, elle se rêvait plutôt styliste. Je raconte que je n'ai été au théâtre qu'avec l'école. Elle dit : « Je te donnerai des places, si tu veux. » Cela me fait chaud au cœur. La sonnerie annonçant la fin de l'entracte retentit. J'abandonne mon verre sur le comptoir. Nous nous pressons vers nos sièges. Les lumières s'éteignent. À la mort de Tosca, mes yeux sont pleins de larmes. « C'est quelque chose, n'est-ce pas ? », me souffle Anna. Je hoche la tête. Je lui confie que je chante. Je viens de commencer. Elle sourit : « Tu aimes les concerts ? » Je réponds que je connais peu de choses, peu de monde. « Tu voudrais y aller avec moi ? C'est mieux à deux. »

Nous nous voyons la semaine suivante, puis l'autre et l'autre encore. Finalement, nous nous appelons tous les jours. J'aime le regard qu'Anna pose sur moi. Il ne me juge jamais. Un jour, il se produit quelque chose d'étrange. Je ne vois plus le visage d'Anna comme la première fois à La Monnaie, irrémédiablement détruit ; mais incroyablement beau, comme si toute sa douceur, sa générosité, sa patience s'étaient répandues au-dehors.

Un matin, je t'appelle : « Le week-end prochain, je te présenterai quelqu'un. » Tu ne t'attends pas à ça. Il y a un silence, ta voix devient étonnamment forte : « Qui ? Ce n'est pas un ami tout de même ? » Dire « ton » est au-dessus de tes forces. Je suis à deux doigts de te rassurer, de t'expliquer que depuis trois mois je suis avec Anna, qu'elle m'aime et que je l'aime, comme tu as aimé Maman, que je tiens à elle comme je n'ai jamais tenu à personne. Les mots s'étranglent dans ma gorge, je finis par dire : « Laisse tomber. Ça n'a pas d'importance. On fera ça une autre fois. » Inexplicablement, tu fais volte-face, tu annonces qu'il n'y a pas de problème : « Je serai content de rencontrer ton quelqu'un », mais l'envie est passée, je n'y tiens plus. Plus tard, tu reviens souvent à la charge : « Et ce quelqu'un que tu voulais me présenter ? » Je hausse les épaules. Hors de question de brouiller les pistes, que tu te rassures : « Mon fils est en couple avec cette femme, il est sauvé. » Je ne suis sauvé de rien.

Je dois avoir cinq ans, j'ai passé la journée chez Mamy avec Saskia, un jour où Tante Valérie est rentrée de France. Tout l'après-midi, nous avons joué dans le jardin. En fin de journée, comme nous sommes aussi sales que des charbonniers, Mamy décide de nous donner un bain : « Allez les cousins, vite, avant que vos parents viennent vous chercher. » Je ne me suis jamais lavé avec une fille. Je regarde Saskia enlever ses vêtements et je découvre qu'entre ses jambes, elle n'a pas le même sexe que moi. J'en reste bouche bée. Mamy éclate de rire : « Tu n'as jamais vu de fille ? » Elle a versé du bain mousse, nous jouons à nous envoyer des bulles de savon, nous rions. L'heure file, elle nous sort du bain à toute allure. Je suis emballé dans la serviette, elle m'a déposé sur la table à langer, je demande : « Mamy, quand mon zizi tombera-t-il ? » Elle ne comprend pas. Je répète : « Quand serai-je comme Saskia ? »

En deuxième au collège, le professeur me demande d'aller au tableau. J'entends des rires dans mon dos. Je surprends le mot : « Fille. » J'ai dû, sans m'en rendre compte, laisser apparaître Nora, onduler un peu. J'ai envie de mourir. Je résous l'exercice et retourne à ma place, les yeux baissés. Toute la journée, je me demande comment marchent les hommes. De retour à la maison, j'allume la télévision. Je tombe sur un épisode de *Zorro*. Mes yeux ne le quittent pas. Zorro garde le dos droit. Sa tête se détache de ses épaules, son menton est légèrement rentré. Ses épaules restent dégagées et peu mobiles ; ses omoplates, resserrées ; seuls ses avant-bras bougent. Il semble mettre tout son poids dans ses pieds. J'imprime scrupuleusement chaque partie de son corps dans mon cerveau. Quand l'épisode est fini, je remonte dans ma chambre et m'applique à l'imiter scrupuleusement. Le lendemain, au collège, je n'entends plus rien quand je me déplace. Dans les mois qui suivent, je suis accro à tous les épisodes de la série. Tu es heureux de mon enthousiasme pour ce justicier.

Dans la vie que toi et moi menons, les mots manquent pour exprimer ce que je suis. « Garçon » ne me convient pas. « Fille » est-il adéquat, si je n'en ai ni le corps, ni la voix ? Il faut que je me trouve une langue où exister.

Au centre de Bruxelles, une association accueille les personnes comme moi. On y propose des activités, des groupes de parole, des fêtes, des projections de film et une permanence dans un bar le premier jeudi du mois. Ce jour-là, même si la porte est grande ouverte, je n'ose entrer : plusieurs groupes sont assis aux tables, les gens rient et ont l'air de se connaître. Le mois suivant, mes pas m'y ramènent. Il est dix-sept heures, il n'y a personne, je tente le coup. Une femme se tient derrière la pompe à bière, grande, avec des cheveux blancs, courts, des lunettes. Elle m'accueille d'un « Dag, bonjour ». J'entends à son accent qu'elle est flamande. Je lui réponds en français, m'excusant de ne pas parler sa langue vu qu'à Arlon, j'ai pris l'anglais. Elle sourit : « Toutes les langues sont bonnes. » Elle demande ce que je veux boire. Je commande un thé. J'ai emporté un livre sur Puccini et je m'installe. Au bout de quelques minutes, elle engage la conversation, m'interrogeant sur ma lecture. J'explique que j'étudie le chant au Conservatoire. Elle me félicite : « Chanter, c'est bien. On donne parfois des concerts, ici. Il suffit d'en parler au responsable, ce serait possible si cela vous tente. » Mo, c'est ainsi qu'elle s'appelle, finit par s'asseoir à ma table. Elle a soixante ans, cela fait trois ans qu'elle donne des coups de main à l'association : « Depuis que je suis Mo. » Je lui demande pourquoi elle s'investit. Elle répond : « Pour nos droits. Il y a trop de violence envers les trans. Et toi ? » Je dis que je ne sais pas bien pourquoi je suis là. « Tout le monde est le bienvenu, dit Mo, on n'est pas obligé d'avoir une raison. » Peu à peu, le bar se remplit. Mo accueille chacun. Soudain, il est l'heure de rentrer. Je rassemble mes affaires. Je lui fais un petit signe de la main. Elle lance : « Merci d'être venu. À bientôt ? »

À l'association, je trouve enfin les quelques mots qui me manquaient pour dire qui je suis et qui je ne suis pas. Un peu plus d'une dizaine. En soi, ce n'est pas grand-chose si on compte que le dictionnaire en recense 90 000. Mais il n'en manquerait qu'un que nos vies s'écrouleraient. Comment exprimer l'existence sans le mot Amour ?

Ces mots sont une bouffée d'air dans mon corps, me sortent de l'opposition entre blanc et noir. Je me mets à les chérir comme des trésors précieux.

Il y a Dysphorie Genrer Mégenrer Binaire Non-binaire Queer Fluide Neutre Intersexe Asexué Transition Assignation Cisgenre Transgenre. Oui, Transgenre.

Il y a mille manières d'être femme. En dépit de mes épaules larges, de mon bassin étroit, de mon sexe d'homme, de mes grandes mains, je suis une femme. J'appartiens à ce territoire-là.

Maman rêvait d'une fille. Enceinte, elle était persuadée qu'elle en attendait une. À la première échographie, le gynécologue n'a rien vu. À la seconde, il l'a détrompée : « Un garçon, Madame. » Il vous a fallu plusieurs jours pour me trouver un autre prénom que Nora.

Angela Rambeux, la psychologue que j'ai dû consulter, dit que c'est peut-être pour me conformer au désir de Maman que je me considère à toute force comme une femme. Quand elle a prononcé ces mots, je l'ai haïe. Madame Rambeux cherche des explications là où il n'y en a pas. Cela n'a rien à voir avec Maman, ni avec personne. Je suis née comme ça.

Maman a compris qui j'étais. Les mères sentent ces choses-là.

Un matin, Mo appelle : « J'ai une copine qui vient d'emménager dans un squat près de la gare du Nord. Ils font un dimanche des familles. Tu viendrais avec moi ? » Nous marchons le long du canal, en direction d'une ancienne école. De l'extérieur, c'est juste un vieux bâtiment moche. Nous traversons la cour, et entrons dans un immeuble de brique et de béton. Mo me présente Stella aux tatouages et aux cheveux rouges. Elle est assistante sociale dans une maison de jeunes. En dehors de son travail, elle écrit des textes pour des revues et des sites. Elle nous fait visiter les lieux. Elle en est vachement fière. Le squat abrite un atelier bois et métal, un labo photo, un jardin de permaculture, un atelier couture et dessin, un espace de brassage de bière artisanale qui t'aurait plu, une salle de projection, un gymnase. Je suis bluffée. Dans ma tête, un squat, c'était un hangar sale et déglingué pour toxicos. Je n'en reviens pas de ce qu'ils ont mis sur pied juste avec de l'énergie et de la récup. Stella répète que le squat est l'avenir : « Occuper, c'est résister ! » Je prends des tas de photos sur mon téléphone. Ensuite, elle nous invite à partager un thé dans sa chambre, étrange, mais belle avec des mobiles au plafond qui dessinent des ombres sur les murs. Son lit est construit avec des palettes. En dessous, elle a superposé des caisses de vin en guise d'étagères. Stella dit qu'elle ne se sent ni homme, ni femme, mais neutre. Mettre les gens dans des cases est absurde. Au cours d'une même journée, chacun et chacune de nous varie. Après le thé, elle ouvre une bouteille de rosé. J'ose dire qu'entre l'alcool et moi, ça ne marche pas, alors elle me sert un Coca. La nuit tombe, Stella allume des bougies, Mo lui demande de nous lire un de ses textes. Au début, elle refuse : « Ça n'a pas d'intérêt », mais Mo insiste tellement qu'elle finit par céder. La voix de Stella est rauque : « Ils m'ont dit ce que je devais être et je leur ai obéi. Aujourd'hui, je me lève et je traverse les murs. » Elle s'enfonce en moi comme des couteaux.

Au bout de quelques mois, je décide de parler de Nora à Anna. J'ai l'intuition qu'elle peut l'entendre. Elle non plus ne ressemble à personne. Je l'appelle au travail : « Je peux passer au théâtre ? J'ai besoin de te dire quelque chose, mon amour. » J'entends une hésitation à l'autre bout du fil : « Ta voix est si grave, Raphaël. » Nous convenons que je viendrai la chercher en fin de journée. Je l'attends sur le trottoir d'en face. Elle arrive en retard : en dernière minute, le metteur en scène a voulu lui parler. Nous prenons la direction du Parc royal. Il y a peu de monde à cette heure. Je compte mes pas. Je pense : « Au dixième, je le dis. » Le onzième arrive et je n'ai pas desserré les lèvres. Au bout d'une demi-heure, Anna s'étonne : « Tu voulais me dire quelque chose ? » J'explique que je n'y arrive pas.

Elle propose que je ferme les yeux et que je lui donne la main. Je colle ma tête dans son cou et, soudain, je dis tout, les manies, la vie secrète, l'impossibilité d'être ce qu'on attend. Les mots sortent en flots continus, emportant tout sur leur passage. La main d'Anna ne me quitte pas. Enfin j'ouvre les yeux, elle sourit : « Qu'est-ce que tu vas faire ? » Je n'en sais rien.

Après le Parc royal, Anna prend spontanément le pli de m'appeler Nora et de me conjuguer au féminin. Si elle se trompe, elle corrige aussitôt. Un jour qu'elle revient sur une anecdote : « Tu te souviens du jour où nous sommes allées toutes les deux voir cette expo au musée des Beaux-Arts », ce « toutes les deux » déclenche une explosion de lumière dans ma poitrine, pourtant le souvenir date d'il y a longtemps, bien avant que je lui apprenne l'existence de Nora.

Quelques semaines avant mes vingt et un ans, Anna m'annonce qu'elle me confectionnera une robe pour mon anniversaire : « Pour mettre en valeur tes longues jambes, ta silhouette, ton port de tête. Quelque chose d'habillé. » Elle prend mes mesures un dimanche matin. Elle note chaque dimension avec précision. Je veux savoir ce qu'elle imagine. Elle reste bouche cousue.

Je n'ai pas cours l'après-midi de mon anniversaire. Anna a pris congé. J'entre dans son appartement, j'aperçois les bougies qu'elle a disposées sur la petite table, et, devant la fenêtre, sur le buste de couture, une robe noire. Je n'enlève pas mon manteau, je m'avance vers le mannequin, je touche l'étoffe satinée : « C'est ça ? » Anna hoche la tête. Elle m'a confectionné un modèle portefeuille, avec un liseré brillant à l'encolure, aux poignets, à la taille et à l'ourlet. « Il y a des bas et des chaussures dans la salle de bains, Nora. » J'ôte délicatement la robe du buste et me dirige vers la pièce d'eau. Je me débarrasse de mes vêtements. Mon cadeau glisse sur mon corps. J'enfile les bas. Heureusement, ils sont opaques et masquent mes poils. Sous le lavabo, il y a une boîte à chaussures, je l'ouvre, ce sont des bottillons noirs à petits talons, pointure 44. « J'ai pris plus grand pour que tu te sentes à l'aise. Si cela ne va pas, on les renvoie », lance Anna derrière la porte. Les bottillons serrent un peu. Je brosse mes courts cheveux vers l'arrière et les maintiens avec de petites pinces que je trouve sur le lavabo à côté du maquillage. Je trace une ligne de khôl sous mes paupières comme j'en ai l'habitude, certains soirs, dans ma chambre. Ma main est ferme. Je me regarde dans la glace, je me sens vivante. Je sors de la salle de bains pour rejoindre Anna, mes pas sont hésitants comme ceux d'un enfant qui marche pour la première fois. Mon amour se tient debout, face à la fenêtre. Je dis : « Voilà ! » Elle se retourne, sourit, regarde attentivement la robe : « Il n'y a pas grand-chose à retoucher. Peut-être un peu la poitrine. » Nous passons à table, je mange à peine, tant j'ai peur de gâcher la robe. Anna dit que j'ai de la chance. Ma taille, relativement petite pour un homme, n'attire pas l'attention. Mon visage fin est un atout. Je ne vois que les défauts, mes mains et mes pieds d'homme. Même vernis, même gantés, chaussés ou bottés, ils me trahiront toujours. Plus tard, nous décidons de nous promener le long des étangs. J'enfile une veste en jean par-dessus mon cadeau d'anniversaire et mes Doc Martens. Nous marchons toutes les deux dans la nuit silencieuse. Je lui demande : « Pourquoi fais-tu ça ? Tu pourrais crier, hurler et tu me couds une robe. » Elle me regarde droit dans les yeux : « Parce que je ne veux pas te perdre. Parce que, si je refuse, cela ne passera jamais. »

Quand j'assume enfin Nora, je découvre que j'ai perdu mon instinct de marche. En jupe, je suis gauche, raide comme un piquet. Mes pas sont trop grands, je m'assieds en écartant les jambes. Il s'agit de défaire ce que j'ai appris. J'observe Anna, les chanteuses du Conservatoire, je mémorise leurs gestes, leurs mouvements de pieds, de jambes, leurs mains, leurs bras, leurs épaules, je les imprime en moi et, peu à peu, je m'enhardis à les reproduire.

Un week-end, je prends le train dans des vêtements féminins que je cache sous un long manteau noir. Lorsque j'arrive à Arlon, je file chez Mamy. Cela fait trois semaines que je ne l'ai plus vue. J'entends sa voix par le parlophone : « Tu peux monter ! » En général, elle descend ouvrir. Je la trouve couchée sur son lit. Elle paraît si frêle. On dirait que le temps s'est accéléré. Elle m'apprend son « petit accroc cardiaque » et j'entends qu'il s'agit de bien autre chose. Je demande pourquoi elle ne m'a rien dit. Elle n'a pas voulu m'inquiéter. Je lui fais promettre de ne plus recommencer : « Je n'imagine pas vivre sans toi. » Elle répond qu'il le faudra bien : « Ce jour se rapproche, mon loup. » Je me jette à l'eau : « Je voudrais que tu me regardes », et me débarrasse de mon manteau. Elle détaille mon top, ma jupe, mon collier, les fins bracelets rouges que je porte au poignet. Elle demande si je m'en vais à une fête. Je secoue la tête. Je lui présente Nora. Elle écoute avec attention : « C'est quelque chose, ça. » Je murmure que je n'ai pas la force de te parler. Je descends à la cuisine préparer du thé. Nous le buvons ensemble. Mamy dit que tous les jours, elle pense à Maman, qu'elle se réjouit de la rejoindre et cela me donne envie de pleurer. Soudain il est l'heure de rentrer chez nous. Je demande si je peux utiliser la salle de bains. Je me change complètement. Je remets mon jean, mon sweat à capuche, mes Converse. Nora a disparu.

Certaines femmes trans ont la force de vivre dans leur enveloppe masculine sans prendre d'hormones, sans chirurgie ni épilation. D'autres, au contraire, suppriment tout ce qui rappelle l'homme en elle : elles se lancent dans des opérations du visage, de la pomme d'Adam, du torse, du sexe, elles se mettent des implants capillaires, elles pratiquent des injections pour remodeler leurs fesses, des liposuccions, des épilations. Cela coûte une blinde. Puis, il y a celles comme moi, qui veulent juste faire ce qu'il faut pour que personne n'ait de doute, quand elles marchent dans la rue, qu'elles sont femmes.

Il y a deux centres d'accompagnement des transidentités en Belgique. L'un à Liège, l'autre à Gand. Ce sont des équipes pluridisciplinaires. Si tu as l'accord du psychiatre du centre, la majorité des interventions sont prises en charge.

Il y a un peu plus de trois ans, au mois d'octobre, j'appelle l'endocrinologue du centre de Liège, Charles Malais. On le dit humain et compétent. Sa secrétaire demande si c'est mon premier rendez-vous. Je réponds oui. Elle me propose une place, à la mi-décembre. Je suis décontenancée : « Vous n'avez rien plus tôt ? » Le docteur croule sous les patients, m'explique-t-elle. « Certaines personnes viennent de France, vous imaginez. » Avant de prendre mes coordonnées, elle demande : « Comment souhaitez-vous que le docteur vous appelle ? » Je réponds : « Nora, Nora Couturier. »

La consultation de Charles Malais se trouve au bout du monde. De chez Madame Barbieri, il faut deux trains et vingt minutes de marche. Anna propose de m'y conduire. Dans la voiture, je ne dis pas grand-chose. Je regarde le ciel, j'essaie de lire les nuages. Je ne vois que des formes étirées qui ne ressemblent à rien. Nous arrivons à la clinique bien à l'avance. C'est une tour sans âme, vestige d'un temps où on construisait par blocs. Nous attendons dans un couloir éclairé aux néons. Une autre patiente, trans comme moi, s'assied à deux sièges de nous. Anna demande : « Vous venez pour le docteur Malais ? » La patiente sourit : « C'est la première fois ? » Je hoche la tête. « Vous êtes stressée ? Vous n'avez aucune raison, il est vraiment chouette. »

Le docteur sort de son bureau : « Nora Couturier ? » Il est grand, il a les cheveux en bataille, il doit avoir tout au plus quarante ans. Je réponds : « C'est moi. » Il sourit : « Venez. » Je me lève. Je demande si Anna peut nous accompagner. Le docteur n'y voit aucun inconvénient. Nous le suivons dans un bureau aussi froid que le couloir. Il me demande d'expliquer les raisons de ma venue. Je dis que je voudrais entamer une transition hormonale et je raconte à nouveau mon histoire, toutes les choses que tu sais à présent. Charles Malais prend des notes. Son écriture est nerveuse. Il me demande de parler de notre famille. Je dis que nous avons perdu Maman. Il demande comment. J'explique la reprise de son cancer juste après ma naissance et, tout de suite, il murmure : « Ah, il faudra suivre. » Il raconte qu'avec la féminisation, je pourrais, dans certaines circonstances, être amenée à développer un cancer du sein, moi aussi, mais le suivi médical a lieu précisément pour prévenir ce genre de situation.

Il veut savoir comment ma famille réagit à mon désir de transition. Je réponds que je n'en ai parlé qu'à ma grand-mère. D'ailleurs, j'aimerais que les factures soient directement envoyées chez Anna, pas à Arlon. Il me demande de parler de toi. J'explique que, sur son lit de mort, tu as promis à Maman de faire de moi quelqu'un dont elle sera fière. Le chemin que je prends pourrait te briser le cœur. Le docteur s'arrête d'écrire : « La féminisation vous transformera. Elle se verra. Si vous n'en parlez pas à votre père, vous ne le verrez plus. L'absence ne le blessera-t-il pas davantage que la vérité ? » Il écrit le mot père et le souligne deux fois. Il demande ce que je fais de mes journées. J'explique que je chante au Conservatoire. Anna intervient : j'ai une voix incroyable. Le docteur dit que les hormones ont peu d'effet sur la voix masculine. Celle-ci restera grave. Par contre, chez une femme, la prise de testostérone entraîne une mue irréversible. Nous arrivons à la fin de la séance. Charles Malais annonce qu'il est d'accord pour m'accompagner dans ma transition, mais, avant toute chose, il souhaiterait que je sois suivie par un psychologue, pour être sûr que ma décision est adéquate. J'ai aussi besoin de soutien pour mettre mon entourage au courant.

Je ne m'attendais pas à cela. Je dis que je n'irai pas. Je n'ai pas à demander l'autorisation d'un psy. J'ai réfléchi pendant des mois. Je ne suis pas folle. Personne ne peut m'obliger à consulter si je n'en ai pas envie. Le regard du docteur s'assombrit : « Pour moi, c'est indispensable. Je veux me protéger en étant sûr que vous remplissez les conditions. » Il raconte qu'un patient qui n'avait pas le discernement suffisant s'est embarqué dans un changement irréversible et a fini par se suicider. Le docteur montre son front : « Cet homme reste gravé là pour toujours. » J'explique que j'attends ce rendez-vous depuis deux mois. Je n'en peux plus. Il me faut des heures pour me préparer chaque matin, me maquiller, lutter contre ce corps d'homme. Je veux entamer ma féminisation maintenant. Charles Malais ne cède pas : « Sans l'accord d'un psychologue, je ne vous prescrirai rien. » Il écrit un numéro de téléphone sur une feuille de papier : « Appelez-la de ma part. Elle a l'habitude. C'est une femme extrêmement compétente. »

En remontant dans la voiture, Anna demande : « Comment tu le trouves ? » Je ne desserre pas les lèvres. Elle répète que c'est bien que je voie quelqu'un, cela prouve qu'ils ne prennent pas les choses à la légère. Je voudrais qu'elle se taise.

J'ai gardé contact avec Stella. Après qu'ils ont été expulsés du squat près du canal, elle en a rejoint un autre, à Forest, dans une ancienne école. Quelqu'un leur avait dit que l'endroit était inhabité. Une nuit, ils sont venus avec leurs sacs de couchage. Stella dit : « On a mis un pied dans la porte, mais on n'est pas des sauvages ; au bout de deux jours, on a pris contact avec la commune. » Les autorités ont tout intérêt à ce que l'endroit soit entretenu. Stella et sa bande ont obtenu une convention d'occupation précaire. Maintenant, ils sont mieux installés que dans le squat d'avant.

Un soir de juillet, ils organisent une soirée cabaret où chacun propose des numéros : musique, théâtre, textes, magie… Tout le monde est dans le jardin, il y a des chaises, des transats, des lampions, de la sangria avec du vin madérisé que Balt, un membre du squat, a récupéré chez un marchand de vin : « Avec un max de fruits, c'est bon quand même. » C'est au tour de Stella, elle raconte son adoption, sa mère biologique qu'elle a cherchée en vain, comment elle s'est toujours sentie étrangère dans sa famille. Ce qu'elle fait est bien plus fort que ce que je chante au Conservatoire où j'emprunte les mots et la musique des autres. En fin de soirée, elle s'assied à côté de moi. Elle insiste pour que je chante quelque chose. Je refuse. Je me sens de moins en moins à l'aise avec ma voix de ténor. Elle dit : « On s'en cale. » Alors, je me lance, je leur chante l'*Ave Maria* de Schubert a capella, et puis le Bocelli. Ils applaudissent à tout rompre. Stella lance : « Tu as une voix de malade ! » Je réponds que ce n'est pas si simple. Je lui parle de ma frustration d'interprète : « À l'opéra, la musique l'emporte souvent sur le texte. Les histoires sont tirées par les cheveux. Cela n'a rien à voir avec ce que l'on vit. » Elle me regarde : « Écris tes chansons, alors. Certaines choses n'appartiennent qu'à toi, Nora. Personne ne les dira à ta place. »

Le lendemain, j'achète un carnet qui, depuis, m'accompagne où que j'aille. J'y griffonne des trucs en vrac, quand j'attends le métro, au parc, ou tout simplement dans ma chambre. Toujours en anglais, parce que j'aime mieux. Parfois, cela ne fait même pas une phrase, comme par exemple *Blue the sky Green my heart*. Je n'ai pas choisi l'anglais pour m'éloigner de toi. J'ai la sensation que ce que j'écris est plus fort, plus condensé, je me sens plus libre.

Le dernier jeudi du mois, ils font table ouverte au squat. J'y viens de plus en plus souvent. J'aime m'asseoir à côté de Luis qui s'occupe du potager. Il me surnomme : « Nora-Nora », on ne se dit pas grand-chose, mais je me sens à l'aise à ses côtés. Un soir, je raconte à Stella que je me suis mise à écrire comme elle me l'a suggéré, je ne sais pas bien ce que ça va donner, mais j'essaie. Elle demande : « Tu l'as avec toi, ce carnet ? » Je hoche la tête. Elle prend son couteau, frappe son verre devant son assiette, toute la tablée s'arrête de parler : « Nora va nous lire quelque chose. » Je deviens écarlate, je fais non de la tête. J'entends la voix de Luis : « Allez, Nora-Nora ! » Je murmure qu'il faut être indulgent, c'est sûrement très mauvais. Finalement, je me jette à l'eau :

Wind in my head
Holes in my heart
I'm a bloody beast
They tell me all the time
Wind in my head
Love in my heart
If you only knew
You would hold me to your heart

Je dis : « Voilà. » Je fixe mon cahier sans oser relever les yeux. Abdel lance : « T'as rien d'autre ? » Je réponds que ce ne sont que des bribes. Ils insistent tellement que je finis par lire tout ce que j'ai écrit. Ce soir-là, nous discutons tellement que je reste dormir dans la chambre d'ami. Je dors d'une traite. Le jardin étouffe les bruits de la ville, on se croirait à la campagne. Quand j'ouvre l'œil, il est midi, j'ai loupé les cours au Conservatoire.

J'attache mes cheveux avec un élastique, je porte des bracelets et du vernis à ongles, mais je viens toujours habillée sobrement au Conservatoire – en jean et blouson. À la fin d'un cours, je demande un rendez-vous à Soledad : « Il faut que je vous parle. En privé. » Elle propose que nous nous retrouvions dans un café à deux pas du Sablon, le lendemain midi. Je choisis une table à l'écart. Elle commande un steak frites : « Que prendrez-vous, Raphaël ? » Je réponds que je me contenterai d'un verre d'eau. « Vous êtes si maigre, vous allez finir par disparaître, Monsieur. » Elle ne croit pas si bien dire. En attendant son plat, nous parlons musique, elle me suggère des compositeurs à travailler, des airs qui mettront ma voix de ténor en valeur. Je l'écoute sans mot dire. Le serveur apporte le steak et les frites. Je ne parviens pas à me jeter à l'eau. Je redoute que le repas se termine sans que j'aie rien dit, mais heureusement, au dessert, Soledad me coince : « Quel est le problème, Monsieur ? » Je prends une grande inspiration et je plonge. J'explique que je suis Nora et que je viendrai désormais au cours habillée en fille. Soledad cesse de manger sa crème brûlée : « Un élève comme vous, une voix comme vous, il n'y en a pas dix dans une vie de professeur. » Je dis que je ne peux pas continuer comme ça. « Vous êtes un si joli garçon. Votre visage n'est pas féminin du tout. » Je réponds que cela m'est égal, ce qu'elle a sous les yeux est une erreur. Il ne peut y avoir de beauté dans le mensonge. Elle soupire : « Vous avez tant reçu et cela ne suffit pas ? Vous courez vers le malheur, Monsieur. » Je secoue la tête : « Je ne peux être plus malheureuse que ce que j'ai été. » Elle demande : « Est-ce que votre transformation atteindra votre voix, Monsieur ? » Je réponds que cela n'aura aucune incidence. Elle sourit : « Alors, cela ne me concerne pas. Gâchez tout, je m'en fiche. » Je reste bouche bée. Elle regarde sa montre, annonce qu'il est temps de rentrer au Conservatoire, se lève, laisse un billet sur la table et s'en va.

En fin de journée, je rentre chez Madame Barbieri. La lumière est allumée au rez-de-chaussée.

Je frappe à la porte du salon. Je demande si je peux lui parler quelques minutes. Elle me propose un thé. Il y a du feu dans la cheminée. La lumière est douce. Elle me pose des questions sur le Conservatoire, elle dit qu'elle aime m'entendre travailler quand elle emprunte l'escalier. Avec son mari, ils adoraient l'opéra. Nous bavardons encore de tout et de rien, puis je lui annonce qu'il va y avoir du changement pour moi. Son sourire se fige : « Vous n'allez pas rester ? » Je secoue la tête, je parle de Nora, les mots sortent plus facilement qu'avec Soledad, peut-être parce que, dans ses yeux, je vois qu'elle tente de comprendre. Elle ponctue plusieurs fois ce que je dis d'un « Oui, je comprends ». J'ai cessé de parler. Elle saisit ma main : « Je suis une vieille femme. De mon temps, il n'y avait pas ce genre de choses. » Je réponds que cela a toujours existé, simplement, on n'en parlait pas. Chez les Grecs, il y a des sculptures de la déesse hermaphrodite, à la fois homme et femme. Et aussi dans d'autres civilisations. Elle dit : « Oui, vous avez raison. » Elle se lève, me demande de patienter un instant et revient avec une petite boîte : « Tenez, je l'avais justement acheté en Grèce, je le trouvais joli. À mon âge, on ne porte plus ce genre de choses. Cela ira bien avec vos yeux. » J'ouvre la boîte, c'est un bracelet en perles de verre bleues translucides.

Il me faut trois semaines pour obtenir un rendez-vous chez la psychologue conseillée par Charles Malais. La veille, je dors à peine.

Le matin, je passe un jean et un chemisier à fleurs. Je franchis la porte et, soudain, j'ai peur que ce ne soit pas assez féminin. Je remonte quatre à quatre les escaliers. J'opte pour ma robe noire, j'attache à toute allure une fleur dans mes cheveux, je passe un gros collier de couleur argent, une bague fluo, des bottes rouges. Je deviens hyper visible. Angela Rambeux reçoit dans une rue au centre de Bruxelles, dans une maison particulière dont la façade vient d'être rénovée. Je sonne, je donne mon nom, la porte s'ouvre. Je m'installe dans la salle d'attente. Il y a des plantes et un tableau rouge au mur. Elle vient me chercher avec un peu de retard. Elle a des cheveux gris et des lunettes, elle porte un châle sur une robe ample et des sandales. Sa voix est profonde, très timbrée, et je pense qu'elle pourrait faire du chant.

Nous entrons dans son bureau. D'un côté, il y a une table avec des chaises ; de l'autre, des fauteuils. Elle me propose de m'asseoir. Alors que je demande où elle répond que je peux choisir : j'opte pour un fauteuil. Elle commence : « Racontez-moi ce qui vous amène, Madame Couturier. » J'ai à nouveau l'impression de passer un examen. J'explique que le docteur Malais m'a recommandé de venir. Je ne suis pas malade, je n'ai besoin de personne, je vais très bien, je veux juste commencer ma transition. Je voudrais que cela aille vite. Elle me demande si elle peut prendre des notes. Il faut à nouveau que je parle de moi, que je raconte où j'ai grandi, ce que j'ai traversé. Le stylo d'Angela Rambeux fait du bruit sur le papier. Je sens monter en moi une grande fatigue. Elle demande que je lui parle de Maman. Je réponds que même si j'étais trop petit pour m'en souvenir, il me semble que je garde d'elle des impressions diffuses : une odeur, des couleurs, je l'aime immensément, sa présence me protège, je porte toujours quelque chose qui lui a appartenu – un foulard, une écharpe, une bague ou un bracelet. Je pratique le chant comme elle. Ensuite, elle pose des questions sur toi. J'explique comment nous avons vécu. Elle demande comment tu vis ma transition. Je dis la vérité : je ne parviens pas à te parler. Je raconte aussi Mamy et Tante Valérie, Anna qui me soutient chaque jour.

Nous arrivons à la fin du rendez-vous. Le débit de Madame Rambeux se ralentit, on dirait qu'elle veut être sûre que je comprenne bien : « Le transgénérisme n'est pas à prendre à la légère. » Elle ajoute que certaines personnes ont besoin de temps pour comprendre ce que traversent les gens comme moi ; mais, parfois, les murs sont à l'intérieur des têtes, la personne en transition s'imagine le pire et n'ose s'affirmer, alors que l'entourage est bienveillant. Tout ça pour dire que j'ai bien fait de venir parce que j'ai besoin de soutien. Je lui demande si elle va signer l'attestation pour le docteur Malais. Son sourire se fige. Elle reconnaît que je suis en souffrance, mais elle recommande de ne pas me précipiter : « Il est urgent de prendre le temps, Madame Couturier. Je suis interpellée par le rapport que vous entretenez avec votre mère disparue. Vous mettez vos pas dans les siens. Il y a là un deuil à faire. Il ne faudrait pas que le désir de la retrouver vous mène à des actes irréversibles. » Je demande quel est le problème d'aimer sa mère et de penser à elle. Angela Rambeux répond que tout est question d'équilibre. Soudain, je comprends où elle veut en venir : « Vous n'allez pas me signer le papier. » Elle secoue la tête : « Pas tout de suite. » Je répète que j'ai besoin des hormones. Je suis venue pour ça, sinon je n'aurais jamais mis les pieds dans ce cabinet. J'attends depuis octobre, on est en janvier. Elle continue : « Le temps ne respecte que ce qu'on fait avec lui, Madame Couturier. » Je hausse le ton. J'ai à peine dormi. Je voudrais vivre, commencer enfin ma vie. Angela Rambeux reste impassible. Je tape du poing sur la table : « Je n'en peux plus d'attendre. Je ne veux pas dépendre du bon plaisir des autres. Je n'en ai rien à foutre de cette thérapie. Personne n'a à m'autoriser à être qui je suis. » Le regard d'Angela Rambeux se durcit : « Je ne suis pas une ennemie. Je ne dis pas non aux hormones. Je veux être sûre que c'est le bon choix. » Je demande qu'elle arrête ses discours de première de la classe : « Dites ce que vous avez en tête au lieu de tourner autour du pot. » Elle prévient que si je continue, elle exigera que je quitte le cabinet. Je me tais. Elle me propose de revenir durant quelques séances afin d'« interroger mes identifications maternelles et d'accomplir mon travail de deuil ». Je la hais. Elle me demande 40 euros. Je rassemble mes affaires. Elle me propose de prendre un autre rendez-vous. Je regarde son divan en daim, la table en verre, le tableau qui a dû coûter une blinde, la lampe sur le bureau, et annonce que je vais réfléchir. Après, je suis incapable de me rendre au Conservatoire. Je marche dans la ville une bonne partie de la journée. Anna tente de me calmer : « Durant tant d'années, tu as gardé toutes tes émotions en toi. Cela ne peut pas faire de mal d'en parler à quelqu'un. » Je réponds que je refuse de me conformer à un protocole. Je veux décider pour moi. Anna n'est pas de mon avis : « Une transition, ce n'est pas rien quand même. On ne peut pas tout régler en un claquement de doigts. » Je suis tellement énervée que je rentre dormir chez moi. Le lendemain, je rappelle Angela Rambeux. Quoi d'autre ?

En une fraction de seconde, l'être humain distingue un visage d'homme de celui d'une femme.

Tous les matins, je m'efforce de brouiller les pistes. J'étale sur mon visage un fond de teint clair. J'épile mes sourcils en insistant sur la courbure. Je fais déborder mon rouge à lèvres sur ma peau pour me dessiner une bouche plus pulpeuse. J'atténue la bosse de mon nez avec deux couleurs de fond de teint. Je fais de même pour mon menton et mon front. C'est un travail de titan. Comme je suis mince, ma pomme d'Adam saute aux yeux. À part porter une écharpe ou un foulard, je ne peux rien faire pour la cacher.

Angela Rambeux répète que mon corps me rappellera sans cesse que je ne suis pas née femme :

« Vous devrez faire le deuil de l'image de celle que vous portez au fond de vous et la remplacer par celle que vous êtes. » Ça me rend dingue. Je rêve qu'un chirurgien me donne le visage que la nature a oublié de m'offrir : des sourcils naturellement cambrés, un arc de nez doux, un front rond, un nez droit et court, des joues plus incurvées, un menton fin.

Si je suis dégoûtée que la vie ait mal fait son travail, Anna ne ressent aucune colère pour son visage. Je ne sais si elle l'a jamais éprouvée. La peine, oui, c'est sûr, mais pour le reste, elle dit : « Mon visage avait quelque chose à m'apprendre. » Moi, je refuse.

Si on ne naît pas aimable, il faut user de subterfuge. Anna a onze ans. Toute sa classe part à la montagne. Le dernier soir, la maîtresse met de la musique, les enfants dansent. L'institutrice imagine que chaque garçon valsera avec une fille. Celui qui est destiné à Anna crie : « Pas avec la sorcière. » Elle s'enfuit dans sa chambre, sanglote, puis a une idée. Sa maman a glissé du maquillage dans sa valise pour le concours de déguisement. Anna transforme son visage en une nuit étoilée, avec du noir, du blanc, du doré. Quand la maîtresse vient la chercher pour la ramener avec les autres, elle regarde longuement le visage peint : « Tu as du talent, ce n'est pas donné à tout le monde. »

Anna a pris l'habitude de ne pas envahir l'espace et de ne pas attirer le regard, si ce n'est par le travail de ses mains. Elle dit : « Toute la beauté, l'harmonie qui me font défaut, je tente d'en parer les autres. »

Je ne suis pas heureux au Conservatoire. Je parle peu avec les autres. Je ne sais quoi leur dire. Ils vivent dans un autre monde que moi. C'est un milieu de compétition, de chacun pour soi. Il y a juste Lydie, une soprano, qui vient de La Louvière, dont je me sens proche. Elle aime les femmes et ne ressemble à personne. Soledad lui mène une vie d'enfer, alors au bout de quelques mois, elle abandonne. Le temps passe et je commence à déchanter. Le milieu classique est raide. Tout s'organise autour de la hauteur de la voix. Les ténors, mezzos, sopranos sont cantonnés à leur répertoire de ténor, mezzo, soprano, minuscule si on pense à l'immensité de la musique. Soledad n'a que le mot « emploi » à la bouche – les rôles qui nous conviennent. Elle me destine à des personnages de jeunes premiers caricaturaux, des hommes forts et héroïques – le comte Almaviva dans *Le Barbier de Séville*, Don José dans *Carmen* de Bizet – qui ne m'intéressent pas.

Je rêve d'aigus qui me bouleversent et me fascinent. Je suis né dans le mauvais siècle. Deux cents ans plus tôt, j'aurais pu être castrat. Personne n'aurait rien trouvé à y redire. On m'admirerait pour ce que je suis.

En juin, je dois présenter *Una furtiva lagrima* de *L'Elisir d'amore* de Donizetti dans lequel a brillé Pavarotti. Plus je travaille, moins je trouve de sens à ce que je fais. Quelques jours avant les auditions, Soledad me prend à part : « Présentez-vous en homme ! Rangez les colliers, les franfreluches, sinon le public n'y croira pas. » Je présente l'examen comme on se rend à la poste. Mes points sont en conséquence.

Les jours passent, j'ai de moins en moins envie de me rendre au Conservatoire. Parfois, j'éteins le réveil et je reste toute la journée couchée dans ma chambre à écouter de la musique. Toutes les musiques.

À la huitième séance, Madame Rambeux me demande à nouveau si je t'ai parlé. Quelque chose bascule dans ma tête. Il faut que les choses avancent, peu importe comment. Je lui balance ce qu'elle a envie d'entendre. Oui, j'ai enfin eu ce courage. Oui, tu as accusé le coup. Oui, tu as murmuré que cela ne changerait rien entre nous. « Vous voyez, sourit-elle, le terrible était dans votre tête. » Je raconte que cela m'a apaisée. Mon mensonge n'a aucun effet : en fin de séance, elle assure que deux rendez-vous supplémentaires ne seront pas du luxe : « Il est essentiel d'ancrer ce qui s'est passé avec votre père. » Le soir, Anna me chauffe la tête : « Mentir ? Mais tu es complètement frappée ou quoi ? Tu ne comprends pas qu'elle est là pour t'aider ? »

Je rentre chez Madame Barbieri, folle de rage. J'ai envie de hurler sur tout le monde. Je pense qu'il me faudra encore trois semaines d'attente, puis, dans le meilleur des cas, deux mois – trois si je manque de chance – avant d'obtenir un nouveau rendez-vous chez le docteur Malais. Je devrai à nouveau courir jusqu'à Liège, perdre un temps fou dans les transports pour trente minutes de consultation. Anna ne comprend pas mon impatience : « Tu as fait ton coming-out il y a seulement quelques mois, et tu voudrais que tout soit réglé. Ce temps me rassure et me permet de t'accompagner pas à pas. Sinon, c'est trop violent. » J'appelle Mo, j'explique que je vais tout casser. Elle dit : « Pourquoi ne demanderais-tu pas un rendez-vous avec un des psychologues de l'association ? Tu n'as rien à leur prouver. Ils vérifient que tu es en bonne santé et tu reçois leur feu vert. Aussi simple que ça. » J'écoute son conseil et annule les rendez-vous avec Rambeux. Il me faut encore attendre six semaines. Cela ressemble à une peine de prison. Enfin, le jour du rendez-vous arrive, je raconte à nouveau mon histoire, je dis que je suis en train de devenir dingue et Allan, le psychologue qui me reçoit, sourit : « Vous êtes très avancée déjà. » Je répète le mot :

« Avancée ? », sans comprendre. Il sort un papier d'un tiroir : « Je vais vous remplir la feuille de liaison » et me donne les coordonnées du docteur Dan, un généraliste près de la gare du Nord qui devrait me recevoir dans la semaine. J'appelle en n'espérant rien, le docteur Dan répond en personne, sans que je doive passer par une secrétaire. Il propose : « Demain, dix-sept heures ? » Je crois tomber de ma chaise. De chez Madame Barbieri, je n'en ai que pour vingt minutes à pied. Le docteur est jeune, en baskets et tee-shirt, sympa. Je raconte le travail avec Angela Rambeux, je demande si je dois consulter quelqu'un. Le docteur s'en fiche : « Vous avez la feuille de liaison, tout est ok pour moi. » Il me prescrit une prise de sang pour le lendemain matin et me fixe rendez-vous deux jours plus tard pour démarrer la prise d'hormones. Je demande : « Vendredi, ce sera parti ? » Il hoche la tête et sourit.

Ce jour-là, le docteur m'annonce qu'il n'y a aucune contre-indication à une prise d'hormones. Il m'explique les effets de cette dernière, même si je les ai lus sur Internet : ma musculature va s'amoindrir, il est probable que mes pieds perdront une ou deux pointures – ce qui m'arrange –, mes graisses se répartiront autrement dans mon corps et sur mon visage, ma peau s'adoucira, je transpirerai moins, ma chaleur corporelle diminuera, ma libido aussi. Tout cela disparaîtra en cas d'arrêt des médicaments. D'autres effets seront à jamais irréversibles, comme le développement des seins, l'élargissement des aréoles et le fait que, comme toute femme, je serai sujette aux vergetures. Pour ma barbe, il me conseille de passer par des épilations laser définitives. Je vais chercher les médicaments à la pharmacie. Soudain, à peine arrivée dans ma chambre chez Madame Barbieri, je sens en moi un vertige. J'ai peur de ce vers quoi je vais, qui nous séparera peut-être, toi et moi, pour toujours. Je dépose mes achats sur la table sans les ouvrir. Deux jours plus tard, je plonge : il ne sert à rien de retarder ce qui est.

C'est un changement lent. Une sorte de mue. Mon visage et mon corps se transforment insensiblement. Peu à peu, je flotte dans mes baskets. Mes seins poussent. Anna remarque que mon odeur change. Je deviens plus sensible, comme si j'étais incapable de retenir mes émotions. Nous regardons un film japonais qui parle d'une famille de voleurs. À la fin, je fonds en larmes. Anna me regarde : « Qu'est-ce qui t'arrive ? »

Je fais des exercices de gymnastique chaque matin. Je m'efforce de courir trois fois par semaine dans le parc du Cinquantenaire pour entretenir mes muscles. Je marche énormément. Si j'adore nager, je préfère arrêter pour l'instant : je ne me sens pas à l'aise avec les regards qu'on porterait sur moi.

Quand j'ai eu dix-huit ans, tu as insisté pour que je réserve l'héritage de Maman à l'achat d'un appartement : « Il faudra que tu continues à économiser, mais un jour, tu finiras par avoir quelque chose à toi. C'est important. » J'ai réfléchi. À quoi me servirait un appartement si, où que je sois, je me sens à l'étranger ? L'argent de Maman servira à me façonner le corps de la femme que je suis.

J'ai beau me présenter comme Nora Couturier au téléphone, le plus souvent mon interlocuteur conclut l'échange d'un « Excellente journée, Monsieur ». Le jour où le boucher me remet ma commande d'un « Voici, Monsieur », je sanglote tout l'après-midi. Je crie à Anna que je vais me foutre en l'air. Elle tente de me calmer : « Il y a sûrement des solutions, Nora. » Je commence à redouter chaque sortie. Dans les magasins, je refuse d'ouvrir la bouche : je montre les objets dont j'ai besoin, je salue d'un signe de tête. Au restaurant, je pointe du doigt ce que je veux manger. Les rares fois où je dois absolument m'exprimer, j'exige qu'Anna m'accompagne : « Tu seras ma voix. »

Je me renseigne sur les chirurgies de féminisation qui affinent les cordes vocales au laser. Un geste et tout est réglé. La voix perd en puissance, en corps, en timbre, en rondeur, mais je répète : « C'est ça qu'il me faut. » Je prends rendez-vous avec un chirurgien. Sur Internet, Anna découvre des témoignages effarants. Certaines interventions sont irréversiblement ratées : « Chanter est toute ta vie, que feras-tu si tu ne peux plus ? » Cela m'est égal. Je ne me supporte plus.

Un soir, elle m'accueille avec un sourire jusqu'aux oreilles : « J'ai découvert des vidéos incroyables sur Internet. » Une logopède de Barcelone, MariaLuna, féminise les voix grâce à des exercices. Elle affirme qu'aucune ne peut lui résister, même les plus graves. Elle a posté des capsules avec ses patientes, c'est bluffant. On entend les voix au début du travail et quelques semaines après, elles paraissent bien plus aiguës. Je dis que je ne peux pas me payer toutes les semaines un aller-retour à Barcelone. Anna sourit : la patientèle de MariaLuna est disséminée dans le monde entier. Elle travaille par visioconférence. Je consulte son site. Chaque séance dure trente minutes. La première est gratuite, le rendez-vous suivant est à 80 euros. Anna insiste : « Fonce. »

J'envoie un message à MariaLuna. Elle répond dans l'heure et me propose un essai le vendredi suivant. Je me connecte à l'heure pile. MariaLuna est dynamique, elle parle vite, comme si elle ne voulait pas perdre une seconde de notre rendez-vous. J'explique que j'ai besoin qu'elle me sauve de ma voix. Elle dit que ce que je ressens est partagé par bon nombre de femmes trans : « Une voix d'homme se situe entre 75 et 140 hertz, celle d'une femme entre 170 et 250. Je vais déplacer votre voix, elle ne montera peut-être pas jusqu'à 170 mais nous l'accompagnerons de tout un travail de vocabulaire, de gestuelle, d'articulation afin que personne ne doute que vous soyez une femme. Vous allez voir, c'est amusant. » Elle me demande de lui parler de la voix dont je rêve. Je dis : « Maria Callas », puis je ris, un peu gênée. MariaLuna hoche la tête : « Qu'y a-t-il chez elle qui vous touche ? » Je dis la lumière, la liberté, son impulsivité, le fait qu'elle ne s'inquiète jamais de la beauté de ce qu'elle produit. MariaLuna explique qu'elle ne peut pas me donner cette voix-là, mais quelque chose de sa couleur. Elle propose que nous jouions avec le son, pour lui donner une teinte féminine. Je ne dois pas avoir peur d'explorer, même si le résultat semble laid. Ses mots sont en totale contradiction avec ce que répète Soledad, pour qui tout est contrôle. MariaLuna attire mon attention sur le vocabulaire que j'utilise. Si un homme parle d'une chose, il la caractérise souvent d'un seul mot, les femmes au contraire multiplient les adjectifs. Elle insiste aussi sur les mains qui ponctuent les propos des femmes en évoluant dans l'espace : « Donnez-leur l'autonomie. » La voix est la partie visible de chaque âme, si je suis libre dans ma tête, elle le sera aussi. Plus on est jeune, plus les espoirs sont permis. Elle propose que je m'enregistre : « Vous aurez une trace de l'endroit où vous êtes aujourd'hui et vous apprécierez le chemin parcouru. » La demi-heure d'essai passe à toute allure. Je me mets à penser que MariaLuna peut quelque chose pour moi. Je réserve tout de suite une nouvelle séance la semaine suivante. Ce jour-là, elle me propose d'ouvrir un livre au hasard et de lire deux lignes à voix haute, puis de les redire en riant, ensuite de les surarticuler, d'utiliser une voix de piou-piou, enfin de les prononcer en dansant dans la chambre de Madame Barbieri. J'entends des sons inouïs sortir de ma bouche. Je prends un plaisir fou à allonger les voyelles. Rien n'est grave, rien n'est raté, rien n'est définitif.

Tous les matins, je m'exerce et je m'enregistre. Si, au début, le changement est imperceptible, au bout de six semaines la différence devient flagrante, ma voix parlée est nettement plus aiguë. Au téléphone, les erreurs sont rarissimes.

Bien sûr, c'est un travail et une concentration permanents. Un choc et ma voix grave revient illico. Il y a quelques semaines, nous nous promenons dans les bois, Anna et moi. Nous marchons sur un petit chemin en pente, la terre est humide, Anna glisse et dégringole sur quatre mètres. J'ai tellement peur que je crie : « Anna, Anna » et soudain, la voix de Raphaël resurgit.

Quand nous nous appelons, je reprends le grave que tu connais, comme si de rien n'était.

Un matin, dans un café, j'entends un chant qui fait voler en éclats tous les discours de Soledad. Celui d'un homme – je suis sûre qu'il s'agit d'un homme – accompagné au clavecin. Sa voix est grave, profonde, mais, insensiblement, elle monte dans les aigus. Au milieu du morceau, on se demande même s'il n'est pas question d'une femme, tant le timbre est brillant. La performance est magnifique, je voudrais qu'elle ne s'arrête jamais. À la fin, la voix revient au grave. Le morceau est fini. Dans mon étonnement, je n'ai pas pensé à le chazamer. Je me lève, je demande à la serveuse ce que nous venons d'entendre. Elle répond qu'elle n'en sait rien, c'est un CD du patron. Elle me tend le boîtier : « Regardez vous-même. » Je lis : « *The Cold Song* de Purcell par Klaus Nomi ». Je rentre aussitôt chez Madame

Barbieri et trouve l'air sur mon téléphone. Je l'écoute des dizaines et des dizaines de fois. L'émotion ne me quitte pas. Klaus Nomi atteint les notes les plus hautes en utilisant sa voix de tête, pas celle de poitrine que Soledad me pousse chaque jour à travailler. Aux yeux de mon professeur, la voix de tête – celle avec laquelle on crie – est vulgaire, peu ancrée. Chez Klaus Nomi, elle ouvre des possibilités inouies : il chante tout, même les airs réservés aux femmes. Cela donne le vertige. Je lis tout ce que je peux trouver sur lui. Il a commencé sa carrière à l'opéra de Berlin. À vingt-huit ans, il est parti pour New York et s'est produit dans des cabarets où il a mêlé opéra, pop et rock. En concert, il se présentait le visage fardé de blanc, les lèvres peintes en noir, les sourcils maquillés et épilés, dans un manteau qui lui façonnait un corps étrange qui n'était ni celui d'un homme, ni celui d'une femme et je comprends qu'il fait partie de ma famille.

Ce soir-là, seul dans la chambre, pour la première fois j'essaie ma voix de tête. Je me tiens debout, au milieu de la pièce ; du salon, Madame Barbieri ne peut rien entendre ; pourtant je meurs de peur, comme avant l'audition de *Tout va très bien Madame la Marquise*. Peur que ce qui me paraît être la solution tombe dans une impasse. La lumière du dehors est crépusculaire, il n'y a que du silence. Le temps s'étire jusqu'à ce que je me jette à l'eau. Je tente les aigus dont je rêve depuis que j'ai perdu ma voix d'enfant. Au début, ils sont malhabiles faibles ; mais je reconnais enfin ce qui sort de ma gorge. Il y a beau avoir un travail de dingue à abattre, peu importe, cette voix-là me ressemble. Dans ces sons-là, je pourrai vivre.

Les jours suivants, je sèche le Conservatoire. Je suis prise d'une fièvre qui ne me lâche pas. Sur Internet, je découvre une méthode américaine pour atteindre les aigus qui me plaisent. Il s'agit de faire basculer ma pomme d'Adam et de remonter mon larynx. C'est une incroyable gymnastique intérieure. Je travaille d'arrache-pied, il faut que je me constitue un nouveau répertoire taillé sur ce que je suis : la mort de Didon de Purcell, mais aussi de la chanson française, *Ma plus belle histoire d'amour* de Barbara ou *Both Sides Now* de Joni Mitchell. Un soir, j'arrive à l'improviste chez Anna. Elle rentre du théâtre. J'annonce : « Je t'ai préparé quelque chose. J'ai besoin que tu me dises. » J'allume deux bougies et éteins toutes les lumières. Je commence par *No more « I love you's »* d'Annie Lennox a capella, très doucement, puis, peu à peu, je donne de la puissance. Anna sourit. J'offre tout ce que je suis. J'entame le Purcell, puis Barbara. Quand j'ai fini, elle demeure immobile. Je suis soudain inquiète. Je demande : « Cela ne va pas ? » Elle murmure : « On ne sait plus bien où tu es, Nora chérie, mais on a envie de te suivre. »

Le jour où je me sens prête, j'étale du fond de teint sur ma peau, je mets un peu de fard rosé sur mes paupières, je m'attache les cheveux, je passe la robe noire de mon anniversaire, les bas et les bottillons. J'ouvre la porte de ma chambre. Dans ma poitrine, c'est à la fois une explosion de bonheur et de terreur. Je descends l'escalier, les jambes en coton, et croise Madame Barbieri qui me dit : « Nora, vous êtes chic aujourd'hui ! » Je m'entends répondre que je me rends à un examen et, si je réfléchis, il s'agit bien de ça. Elle me souhaite bonne chance. J'arrive à l'arrêt du tram. Il n'y a personne. Je m'assieds sur le banc, il ne fait pas froid, je me force à penser que, quoi qu'il arrive, ce sera une belle journée. Je monte dans le tram. Je sens les regards posés sur moi. Je me colle contre une fenêtre et fixe le dehors. Je descends au Sablon. Je marche jusqu'au Conservatoire. J'entre dans la classe. Soledad est en train de travailler avec Julie, une soprano. Elle m'aperçoit et s'interrompt : « Vous revoilà. Je pensais que vous étiez mort ou que vous aviez pris du service dans une friterie. » Je baisse la tête. Je m'assieds au fond de la classe. J'écoute les autres travailler. Je pense aux clameurs dans les tribunes du stade quand nous allions voir les matchs de foot. Ce monde d'où je viens qui n'a rien à voir avec ce qui se joue ici. Mon tour arrive, j'enlève mon manteau, je me lève, je m'avance vers la petite estrade, ma robe, mon maquillage et mon collier sont bien visibles à présent. « Qu'avez-vous préparé aujourd'hui ? » Je rassemble toute la force en moi, ma voix sort étonnamment forte : « Le lamento de Didon de Purcell. » Il y a un silence de mort dans la classe. Le regard de Soledad vire au noir : « Ce n'est pas votre emploi. — Je voudrais essayer. — Si cela vous chante. » Je tends la partition au pianiste accompagnateur. Je monte sur la petite estrade, je demande à Maman de construire une armure invisible autour de mon corps. J'entends les premières notes et je plonge.

Je regarde ceux qui me font face, un à un. Je joins les mains. Ma voix chante que la mort est la seule issue à présent. Les mots de Purcell sont les miens. Raphaël doit disparaître. Je ne veux pas qu'on se souvienne de lui, mais de ce que je suis véritablement : Nora. À la fin du morceau, je plante mon regard dans celui de Soledad. Je vois sa bouche pincée, ses mains qui triturent son collier. Je demande : « Alors ? » Le ton est glaçant : « Que voulez-vous que je vous dise ? Ce n'est pas votre registre, Monsieur. Tout ce travail en pure perte. Il y a des choses qu'il faut accepter. Elles sont ce qu'elles sont. Autrement, quoi ? Tout pourrait être remis en question ? Ce sont des illusions, Monsieur. Quittez cette voie. Ce que vous nous avez donné est du gâchis. » Je retourne à ma place, j'enfile mon manteau, j'attrape mes affaires et je m'en vais. Bonnie, une mezzo aux longs cheveux noirs, me rattrape dans les escaliers : « Ne l'écoute pas. Tu étais incroyable. »

La douleur est lancinante. Quoi que je fasse, je serai toujours à côté. Dans la salle de bains de Madame Barbieri, il y a la petite armoire à pharmacie, celle où elle garde ses somnifères, j'en subtilise une plaquette. Je ne laisse pas de lettre.

Je tiens fermement le verre dans ma main, je n'ai pas peur. J'avale les comprimés. Je me couche sur mon lit, dans quelques minutes, je serai en paix. C'est compter sans l'intuition d'Anna. Durant tout l'après-midi, elle me laisse des messages pour savoir comment cela s'est passé avec Soledad. Comme elle a les clefs de chez Madame Barbieri, elle quitte le théâtre avant la fin de sa répétition, monte quatre à quatre les volées d'escalier, me découvre et appelle une ambulance. À l'hôpital, après le lavage d'estomac, elle me passe un savon : « Tu n'allais quand même pas te foutre en l'air pour cette conne ? »

Je ne mettrai plus les pieds au Conservatoire. Je reste une semaine chez Anna, couchée sur le canapé du salon, à regarder des séries. Elle me demande si je compte t'en parler. Je secoue la tête. Comment pourrais-tu comprendre si je ne te parle pas de Nora ? Elle me met en garde : si j'arrête le Conservatoire, les allocations familiales t'enverront un courrier pour t'annoncer que je n'ai plus droit aux indemnités d'étudiant et il faudra bien que je te dise la vérité. Je les appelle aussitôt en donnant l'adresse de la mère d'Anna qui habite en Wallonie. J'explique que nous avons déménagé provisoirement suite à un dégât des eaux et que c'est là qu'il faut envoyer les lettres. À la rentrée suivante, quand je reçois l'avis qu'ils ne verseront plus rien, je t'annonce que l'argent est viré directement sur mon compte. Tu avales mon mensonge d'un trait. Pourquoi mettre ma parole en doute ?

À Corinne, je dis la vérité : « Le Conservatoire, c'est fini. » Elle est atterrée. Le samedi qui suit notre conversation, elle prend le train et débarque à Bruxelles : « Ton coup de téléphone a tourné dans ma tête sans arrêt. Il faut que tu m'expliques. » Nous déambulons dans la ville. Je raconte les questions qui m'agitent et cette voix de ténor qui me pèse comme un fardeau. Je suis inquiète qu'elle me juge, mais elle sourit : « Tant que tu n'arrêtes pas de chanter, Nora. Tu as de l'or en toi. Personne ne peut te faire renoncer à ça. » En revenant vers la gare, elle remarque que je ne suis pas assez couverte à son goût. Comme j'ai l'air de le prendre à la légère, elle ajoute : « Tu n'as plus ta maman, alors il faut bien que quelqu'un te le dise. » Et je réalise que si elle avait eu des enfants, elle aurait été une mère incroyable.

Il me faut une quinzaine de jours pour que les paroles de Mo me reviennent en mémoire : Si je le veux, je pourrais donner un concert à l'association. Et tout à coup, l'énergie revient. Je me surprends à rêver d'un groupe où chanter le répertoire que j'aime et, pourquoi pas, en créer un de toutes pièces. Je pense à un piano et à une contrebasse. Je poste sur Instagram : « Cherche pianiste et contrebassiste pas coincé·es pour groupe aimant plusieurs types de musique. »

Je reçois plusieurs propositions. Au téléphone, j'annonce tout de suite la couleur : « As-tu quelque chose contre les trans ? » Si la réponse est négative, je propose un rendez-vous au café Belga et, dans le cas contraire, qu'on en reste là. Il n'y a que deux personnes que cela dérange, certains disent qu'ils n'ont rien contre mais annulent à la dernière minute et je ne peux m'empêcher de penser que c'est à cause de ça.

Je rencontre Maya qui, comme moi, a claqué la porte du Conservatoire. Elle a les cheveux bleus, des piercings dans le nez, les oreilles et la lèvre. Elle me plaît tout de suite. Elle ne veut pas devenir une bête de concours ; elle aime jouer de la musique et composer. Elle travaille comme serveuse dans un restaurant le midi. Je lui raconte la voix que je viens de retrouver. Je lui fais écouter Klaus Nomi. J'explique que je veux chanter pour tout le monde. Mon projet lui plaît. Elle m'invite chez ses parents à Woluwe où elle a un piano droit et un synthé : « J'aurais aimé vivre en coloc', mais quand tu tapes sur un piano toute la journée, les autres deviennent dingues. » Elle me joue des morceaux qu'elle a composés. Elle travaille sur des sons du réel qu'elle mixe et mélange au piano.

Nous cherchons une contrebasse. Nous nous rendons plusieurs fois au Belga où nous passons « nos entretiens d'embauche », comme nous nous amusons à les appeler. Ce n'est pas facile. Un musicien exige d'être payé pour les répétitions, un autre a du mal avec notre répertoire, un autre enfin dit qu'il n'a aucun problème avec les trans mais lâche après deux bières qu'être homosexuel est contre nature. Bref, à un moment j'en ai assez et je propose à Maya que nous restions juste nous deux. Mais elle tient au trio qui offre plus de possibilités. Nous fixons une dernière rencontre et tombons sur Boris, qui exige qu'on l'appelle Borius car cela rime avec furious. Il aime les hommes et les femmes, porte de grosses lunettes, des dreadlocks, a des paluches énormes et des tatouages d'insectes sur le bras gauche. « Celui qui va au cœur, dit-il en prenant une menthe à l'eau. Il y a quelque chose qui grouille en moi, comme chez tout le monde, d'insaisissable et de sale. » Il dort peu, lit de la philosophie, fait ses gammes en écoutant du hard rock, « répéter me rend dingue, ça me détend d'écouter autre chose ». Comme il a amené sa contrebasse, nous sortons du Belga et nous asseyons sur un banc pour l'écouter. Il se lance, ce qu'il joue est inaudible et heurté, je suis consternée. « C'est moi qui l'ai composé, ça vous plaît ? », demande-t-il d'un air sérieux. Je regarde Maya. Je ne sais que dire. Je bredouille que ce n'est pas vraiment ce que nous avions imaginé. Il éclate de rire : « Je voulais voir si vous étiez suffisamment fines pour débusquer mes trucs débiles. » Il nous joue une chanson qu'il a composée. L'air est étrange, sa voix, grave ; c'est inattendu et sensible. Je lui parle du répertoire dont je rêve. Je dis que je ne veux pas être enfermée dans quoi que ce soit. Il sourit : « Je marche. »

Nous répétons trois fois par semaine chez Maya qui s'est aménagé un studio dans le grenier de ses parents. Nous adaptons *Les Lamentations de Didon*, mais aussi *Vissi d'arte* de Tosca, *Smalltown Boy* de Bronski Beat, *I Will Survive* de Gloria Gaynor. Maya a une voix de mezzo ; Borius celle d'un baryton-basse. Nous chantons certains refrains à trois. Parfois, Maya et moi interprétons des morceaux a capella tandis qu'il se frappe la poitrine pour produire un rythme sauvage. « Une tribu des temps modernes », dit-il. On rit beaucoup. Au bout de quelques semaines, je pense que nous sommes prêts pour un concert à l'asso. Borius a des plans au centre-ville. Nous nous cherchons un nom de groupe. Borius propose les *Squelettors*, parce que nous sommes tous les trois « de longues tiges ». Je trouve ça trop masculin. J'aimerais les *Heart Voices*, mais ils ne sont pas emballés. Finalement, Maya arrive avec *Les Strange*. Et c'est vrai que si on y pense, nous sommes tous trois des ovnis dans la ville. Elle, avec ses cheveux bleus ; Borius avec ses dreads et ses insectes et, moi, dans mon corps.

La première chanson que j'écris parle de Maman : *Under my strange skin You're alive in my heart and in my dreams*. Un jour, à la fin d'une répétition des Strange, je demande à Maya et Borius si nous pouvons en faire quelque chose. Maya propose un accompagnement au piano sur lequel je dirai les couplets de ma voix grave alors que je chanterai le refrain dans les aigus. Le résultat est pas mal, je crois, un peu comme *Message personnel* de Françoise Hardy que tu aimes tant. Leurs encouragements me poussent à continuer. J'écris une chanson sur le ciel, une sur la peur de l'école, une autre sur les Strange, une enfin sur toi.

Same hand
Same foot
Same body
But so different inside
Perhaps you wouldn't understand
What if you couldn't understand

Cela fait un an que je prends des hormones, mon corps est arrivé au bout de son voyage. Mon visage a changé imperceptiblement, il s'est arrondi, mes pommettes me plaisent mieux, j'ai un début de poitrine dont je suis fière. Quand je reviens à Arlon, Raphaël revit rien que pour toi. J'ôte le vernis, j'enfile les vêtements que tu lui connais, je cache mes sourcils épilés derrière une mèche de cheveux, mes seins naissants sous un sweat ample et un foulard, je retrouve sa démarche, sa façon de parler. Je ne suis pas fière de ce que je fais, mais je n'ai pas la force d'autre chose. Je suis cependant traversée par une fébrilité nouvelle : celle que tu me découvres. Heureusement, tu ne remarques rien, mais peut-être que je me trompe, que tu vois tout et que tu choisis de ne rien dire.

Si je me reconnais davantage, la présence de Raphaël prend encore trop de place dans mon corps. Je décide de commencer par ce qui saute aux yeux : mon visage. Ensuite, j'attaquerai la poitrine et, pour le sexe, je ne sais pas. Dans le milieu trans, on murmure que ces opérations entraînent un max de complications. Ce qui reste entre mes jambes ne regarde que moi.

En abandonnant le centre de Liège, j'ai perdu les possibilités de remboursement. Le docteur Dan dit : « Je ne peux rien vous prescrire qui serait pris en charge par la mutuelle. Même si ma patientèle est composée pour l'essentiel de gens comme vous, on considère que je n'ai pas l'expertise. C'est désolant. »

En Turquie, on propose des féminisations du visage à des prix bien plus abordables qu'en Belgique. Les médecins sont sûrs. Les cliniques ressemblent à des hôtels. Tu montes dans un avion, tu passes quatre jours à l'hôpital, tu te reposes dans un centre de convalescence jusqu'à ce que tu sois en mesure de reprendre la route vers Bruxelles. Le docteur Dan le déconseille :

« Si de retour ici, il y a des complications, que ferez-vous ? Nos chirurgiens sont frileux pour récupérer une erreur faite à des milliers de kilomètres. »

Sur Facebook, je découvre une clinique privée dédiée aux trans dans le nord du pays. Des femmes y viennent des quatre coins du monde. Elles témoignent de leur expérience dans de courtes vidéos. Elles sont sublimes. On dirait des mannequins. Les photos de la clinique font envie : il y a un grand jardin. Au rez-de-chaussée se trouvent les salles d'opération modernes et claires et au premier, une Guest House réservée à la convalescence où on peut aussi accueillir sa famille. La nourriture est fournie par un traiteur. Je pèse le pour et le contre pendant des jours, puis je me décide. Il me faut deux mois avant d'avoir un rendez-vous. La secrétaire à l'accueil est jeune et souriante ; sur son bureau, il y a des orchidées en fleur. Elle dit : « Bonjour, Nora. Le médecin s'occupera de vous dans quelques minutes. Je peux vous servir un café ? » Le docteur Gayle a les cheveux blonds. Son bureau s'ouvre sur une grande baie vitrée qui donne sur le jardin fleuri. Au mur, il y a un tableau coloré. Le docteur s'excuse de ne pas bien parler français. Il demande si c'est possible que nous échangions en anglais. Je réponds qu'il n'y a aucun problème. Grâce aux Strange, j'ai beaucoup progressé. La conversation est détendue, on ne dirait jamais qu'il s'agit d'une patiente et d'un docteur. Il demande si j'ai trouvé facilement la clinique, où j'habite, ce que je fais. Il dit : « Chanteuse, c'est magnifique ! » Nous parlons des compositeurs que j'aime. Il assure que mon visage fin est un atout pour la féminisation. J'ai apporté des photos de visages qui me plaisent. Il y en a une de Maman. Le docteur la regarde attentivement : « C'était une belle femme, on voit qu'elle avait de l'énergie. » Il propose, outre mon front, mes sourcils, mon nez et ma pomme d'Adam, de faire quelque chose pour mes pommettes, mon menton et ma mâchoire. « Ce sera mieux, vous verrez. Nous allons vous envoyer un devis. Si vous êtes d'accord sur le montant, mon secrétariat vous rappellera pour planifier l'intervention. On devrait vous trouver un rendez-vous dans les deux mois. » Le lendemain, quand je découvre le devis, j'ai un choc. Ce que m'a laissé Maman ne suffira pas.

Je mets du temps à m'en remettre. Finalement, l'association me recommande un chirurgien esthétique sur Bruxelles, le docteur Thomas, qui pratique des interventions dans des délais et des tarifs raisonnables. Mo dit : « Il travaille super bien. Il donne cours à l'université. » Le cabinet est bien plus austère qu'à Anvers. Le docteur Thomas est plus âgé que le docteur Gayle, il ne cherche pas à séduire, il ne pousse pas à faire plus d'interventions que ce que je souhaite. Il me demande : « Que désirez-vous ? », écoute attentivement puis déclare : « Ce sont des opérations lourdes. Nous allons travailler en deux temps. D'abord le haut du visage : les paupières, les arcades sourcilières, le nez. Trois mois plus tard, quand tout sera bien cicatrisé, on attaquera la pomme d'Adam. Si j'étais vous, je ne toucherais ni à la mâchoire, ni au menton. »

Il réserve une plage horaire pour mon intervention le 9 juillet 2020. « Vous pouvez à tout moment renoncer. Je vous propose de nous revoir une deuxième fois un peu avant. Cela nous permettra de faire le point et de voir si vous êtes toujours demandeuse. »

Je suis toujours en contact avec Stella. Au squat, ils ont deux chambres réservées aux accueils en urgence, pour aider des gens qui doivent rapidement trouver des solutions de logement. Un soir, elle m'apprend que Ron, un sans-papiers qu'ils ont accueilli durant plusieurs mois, va rejoindre sa famille dans le nord de la France. Je saute sur l'occasion. Je dis que si je pouvais rester un peu au squat, cela me permettrait de souffler financièrement. Ma transition est un gouffre : les rendez-vous chez les médecins, les épilations, les opérations, les hormones. L'argent que m'a laissé Maman se réduit de plus en plus. Je ne peux plus m'offrir le luxe de rester chez Madame Barbieri. Stella propose d'en parler aux autres squatteurs. Le lendemain, elle me rappelle : « Ils ne sont pas contre, mais l'habitude est que le candidat au logement se présente un lundi soir, quand nous mangeons tous ensemble, pour expliquer pourquoi il souhaite nous rejoindre. Après on vote. Viens la semaine prochaine. »

Ce jour-là, j'arrive avec des bières bio et des jus. Nous mangeons le repas que Liane et Jordy ont préparé. Au dessert, Luis dit : « On t'écoute, Nora-Nora. » Je reprends du début : notre vie à Arlon, comment je me suis sentie différente, l'arrivée à Bruxelles où je parviens enfin à mettre des mots sur ce que je suis et ma transition qui me permet de me façonner un corps dans lequel je peux vivre. Liane demande : « C'est uniquement pour des raisons financières que tu nous rejoindrais ? » Je secoue la tête. Je dis que je me sens bien avec eux, ils m'ont toujours accueillie, j'aime la manière dont ils vivent, sans exiger toujours plus. Je n'ai presque pas de famille et, au squat, j'ai découvert une existence dont j'ai besoin, que je ne trouve pas chez Madame Barbieri, vu que l'essentiel du temps, je reste dans ma chambre. Stella demande pourquoi je ne vais pas m'installer chez Anna. Je réponds qu'il me faut de l'espace, je ne sais pas où ma transition va me mener. Nous avons besoin de zones franches, elle et moi. Il y a beaucoup d'autres questions, puis Luis dit : « Merci Nora-Nora, on va délibérer et te répondre. » Quand Stella me raccompagne jusqu'à la grille du squat, je lui demande si j'ai été à la hauteur, elle sourit : « Pour moi, oui. » À peine arrivée chez Madame Barbieri, je reçois un texto : « Bienvenue au squat ! »

Pour le logement, le gaz, l'eau, l'électricité, le wifi et la nourriture, cela fait 150 euros par mois, alors que chez Madame Barbieri, tout compris, je devais dépenser dans les 700. Cela me permet de mettre de côté une partie de l'argent que Mamy et toi me donnez. J'annonce à ma logeuse que je partirai à la fin de la semaine, mais que je m'engage à trouver quelqu'un pour me remplacer, elle demande : « J'ai fait quelque chose, Nora ? » Je dis non, j'ai été contente chez elle. Elle sourit : « Nous avons formé une belle équipe. »

Au squat, nous tentons d'être bienveillants, utiles, de construire nos échanges autrement que sur du matériel et du quantifiable. Nous faisons confiance à la vie et prenons ce qui nous semble juste, ni plus, ni moins. Je suis sûre que ce que nous bâtissons, peu à peu, fera tache d'huile. Des tas de gens ne veulent plus de ce monde de profit. Tu vois, je ne suis plus celui à qui tu répétais que ma mollesse finirait par me perdre, parce que je n'étais pas aussi soucieux que toi de la nécessité de s'unir contre les patrons.

Nous nous répartissons les tâches : le nettoyage, la récupération d'invendus – quand des épiceries bio nous appellent parce qu'elles ont des aliments impropres à la vente mais encore consommables –, le potager, les courses de nécessité – le café, le riz, les pâtes, la farine, le beurre –, le repas du lundi soir. Nous proposons aussi des activités à destination des enfants et des adultes du quartier : soutien scolaire, bricolage, atelier récup', musique. Moi, tout naturellement, j'anime l'atelier musique avec Jordy qui joue de la basse. Nous accueillons chaque mercredi après-midi un petit groupe de huit à dix enfants et je reproduis avec eux ce que Corinne m'a appris. Au début, j'avais peur de leur regard, je pensais : « Je n'aurai jamais le tour avec les enfants. » Comme toi qui ne cesses de répéter qu'à part moi, cela n'a jamais été ton truc, les mioches, ce qui est faux, car tu as un sacré tour, comme avec Saskia – je me souviens qu'elle attendait ton arrivée avec impatience et que tu la poursuivais en marchant comme un ours dans le jardin.

Les petits ont entre cinq et douze ans, ils arrivent après l'école, excités comme des puces. Nous les faisons asseoir en cercle et nous chantons. Parfois nous travaillons un morceau qu'ils ont spécialement demandé comme celui de la *Reine des neiges*, qui m'insupporte mais les remplit de joie. Il y en a une dans le groupe qui m'émeut plus que les autres : Lina. Elle a cinq ans et demi. Elle est menue, avec des cheveux courts en bataille et des yeux bruns. Ses genoux sont toujours écorchés. Dans son sourire, il manque déjà des dents. Elle demande toujours à s'asseoir à côté de moi. Josy, la dame qui vient la chercher et la reconduire, doit avoir cinquante ans, elle est ronde, très forte. Elles forment un couple étrangement désassorti. Un soir où nous proposons un récital aux parents, Josy m'explique qu'elle est la maman d'accueil de Lina. Devant la petite, elle dit : « Ses parents ont eu des difficultés. Ils ont fait de leur mieux pour lui donner le meilleur, mais parfois cela ne se passe pas comme on souhaite. Certains jours, Lina a trop de chagrin et elle nous en fait voir de toutes les couleurs. N'est-ce pas, petit dragon ? »

Lina se mord les lèvres et regarde ses pieds. Et moi, j'ai envie de la serrer dans mes bras. Parfois, Josy appelle parce qu'elle est retenue au travail et qu'elle ne pourra pas venir reprendre Lina à la fin de l'atelier comme convenu. Je dis que ce n'est pas grave, la petite peut rester tant qu'elle veut. Nous faisons le tour du potager, nous récoltons quelques légumes et je lui apprends à les reconnaître, comme tu le faisais avec moi. Elle repart toujours avec un petit sac rempli. Un jour que nous récoltons des haricots, elle s'arrête net : « Rémi qui chante avec nous dit que tu n'es pas vraiment une fille, tu es un garçon déguisé. » Je lui demande ce qu'elle en pense. Elle hausse les épaules : « Je ne sais pas. » J'explique qu'il y a eu une erreur à ma naissance, on ne m'a pas donné le bon corps. Je suis née fille dans une enveloppe de garçon. C'est un peu ennuyeux. Lina demande si cela m'a fait du chagrin. Je réponds qu'avant oui, maintenant ça va mieux.

La diminution de mes frais de logement ne suffit pas. Je cherche d'arrache-pied du travail. Je me présente dans des magasins, des restaurants, des supermarchés. J'essuie de nombreux refus. Les employeurs ont peur que mon étrange présence décourage les clients. Je me propose pour les métiers de l'ombre : archivage, encodage, travail en entrepôt ou en cuisine. Avant la pandémie, je donnais parfois un coup de main sur des projets d'Anna, des finitions de décors, des montages et démontages. À présent, la majorité des spectacles sur lesquels elle travaille sont annulés ou reportés. Je demande à Mo si elle n'a pas des plans pour moi. Elle secoue la tête : « Tout le monde tire la langue en ce moment. »

À l'association, il existe un groupe de parole où je vais régulièrement depuis que je n'ai plus le

Conservatoire. Il a été arrêté un temps à cause de la pandémie, mais il a repris en visioconférence. Ce n'est pas pareil, mais mieux que rien. On parle de notre quotidien, de ce que nous traversons, on échange des adresses, des noms de médecins, cela donne du courage et la sensation d'appartenir à une famille. C'est là que je rencontre Brune qui a le même âge que moi. Elle me plaît tout de suite. À la fin du groupe de parole, elle m'envoie un message : « J'ai aimé comment tu as parlé. Ça te dirait de boire un verre ? » Nous prenons l'habitude de nous retrouver au Mokafé, dans les galeries du Roi et de la Reine. Brune est menue, fine, avec une magnifique chevelure blonde : « Des extensions qui coûtent un pont. Et aussi des implants parce que j'avais perdu des cheveux sur les tempes. » C'est une très belle femme trans. Le genre qui te file des complexes, même si elle dit que lorsque j'aurai fait tout ce qu'il y a à faire, je serai top, moi aussi. J'aime son rire qui résonne comme des grelots. J'ai beau faire, beau dire, elle insiste toujours pour payer l'addition. La première fois que je lui demande comment elle gagne sa vie, elle ne répond pas vraiment. Un jour, je lui confie que j'ai besoin d'argent. Elle éclate de rire : « Tu m'étonnes, c'est un luxe d'être trans ! » Elle me parle de Quartier

Rouge, un site où l'on peut s'inscrire gratuitement. Elle y a posté des photos d'elle en lingerie. Elle ne dit pas pute, mais escort. Elle travaille à son compte, sans rien devoir à personne : « De nombreux hommes sont prêts à payer pour vivre des moments avec des femmes comme nous. » Elle dit que je suis fine, et qu'à son avis, j'en aurai des hommes prêts à payer pour une intimité avec moi : « Pour qui aime le sexe, c'est un métier intéressant : tu en apprends à fond sur l'humain. » Je l'interroge sur le désir. Elle dit : « Le shit m'aide. J'en consomme un peu trop. » Elle recommande d'être prudente, de recevoir chez soi et pas chez le client, car il y a de sacrés tordus. Je l'écoute sans rien dire. Dans la communauté, plusieurs ne le disent pas mais doivent s'en sortir comme Brune. J'ai une sacrée chance que Maman m'ait laissé un peu d'argent. Sans elle, peut-être que je n'aurais pas le choix.

Quelques jours plus tard, je reçois une proposition d'Anna. Une de ses connaissances, Muriel, a mis sur pied une chocolaterie, « Colas et moi ». Elle a besoin d'urgence d'une petite main pendant quelques semaines pour les fêtes. Anna dit : « Je lui ai expliqué qui tu es, cela ne pose pas de problème. »

Elle ajoute : « Muriel est particulière, ce n'est pas une amie. » Je me présente le lendemain. J'entre dans la boutique et, tout de suite, je comprends les mots d'Anna. Tu ne la supporterais pas. C'est une patronne qui ne connaît pas les mots merci ni s'il vous plaît et pense que la terre va s'arrêter de tourner pour ses chocolats : « Soyez à l'heure. Je ne supporterai pas le moindre retard ! Vous travaillerez dans l'atelier avec Exaucée. Pas question de manger les pralines ou de remonter en boutique quand il y a des clients. » Les tarifs n'ont rien à voir avec Quartier Rouge : je gagne 80 euros par jour.

Exaucée est d'origine congolaise. Elle étudie le droit mais a besoin, comme moi, d'arrondir ses fins de mois. L'atelier devrait plutôt s'appeler le réduit. Il se situe à la cave et n'a pas de fenêtre. Nous sommes assises côte à côte, Exaucée et moi, entourées de palettes de chocolat qui vont du sol au plafond. Il s'agit de trier les pralines, de remplir à toute allure des ballottins mélangés ou pur cacao allant de 250 grammes à un kilo et, surtout, de terminer le travail en nouant rubans et fleurs artificielles. Muriel insiste pour que les boucles soient gonflées et amples. Ce n'est pas une mince affaire. Heureusement nous rions beaucoup, Exaucée et moi, au début de nervosité et de fatigue, puis de connivence. Peu à peu, nos langues se délient, elle raconte le Congo, sa famille qui a fait le maximum pour qu'elle quitte le pays, son inquiétude de ce qui arrivera quand son visa d'étudiante aura expiré. Elle dit qu'elle est soulagée que je sois arrivée. Seule dans l'atelier, c'était l'enfer. « Muriel peut être horrible ; face à nous deux, elle n'ose pas. »

Un après-midi, notre patronne descend dans l'atelier, je vois tout de suite qu'elle est mécontente : « Je vous demande de rester concentrées, ce n'est pas le dernier salon où l'on cause ici. » Je réponds que parler n'empêche pas le travail. « Si cela ne vous convient pas, c'est la porte. » Je l'interrompt : « Pardon ? » Elle poursuit : « Vous m'avez bien entendue. Et vos nœuds ne ressemblent à rien. Dorénavant, Exaucée les fera. N'oubliez pas de vous laver les mains, Exaucée. » J'ai envie de lui hurler au visage, de tout planter là, mais je n'en fais rien. Ces 480 euros par semaine sont une aubaine. Ce soir-là, quand nous quittons toutes les deux « Colas et moi », Exaucée murmure : « Un jour, tu verras, je serai avocate, je reviendrai ici comme cliente, je lui ferai faire et défaire ses ballottins et je m'en irai sans rien prendre. »

À la mi-juin, le docteur Thomas m'appelle. En raison de la pandémie, il faut reporter l'opération prévue. À quand ? Personne ne le sait, dès que ce sera possible. Je suis une des premières sur la liste. Cela me donne l'occasion de passer encore du temps avec toi. Finalement, l'intervention est fixée au 15 septembre.

Une semaine avant, le docteur me demande de lui répéter ce que je souhaite. Avec son petit mètre en métal flexible, il reprend toutes les mesures de mon visage. Il m'annonce qu'il me placera en chambre particulière. Je l'interromps aussitôt : « Je n'en ai pas les moyens. » Il sourit : « Aux yeux de l'état civil, vous êtes toujours considérée comme un homme, alors je ne peux pas vous mettre en chambre double avec une femme. Vous vous sentirez mieux dans un espace à vous et bien sûr, vous bénéficierez des tarifs d'une chambre à deux lits. »

La dernière fois que je rentre chez nous, le 7 septembre, tu viens me chercher à la gare. Tu es si heureux de me voir : « Ça fait trop longtemps. » Je te rappelle que je suis rentré trois semaines plus tôt. Tu réponds : « Vingt et un jours quand même ! » Mes cheveux t'intriguent : « Tu vas les laisser pousser jusqu'où ? » Je hausse les épaules. Tu souris : « Un artiste ! » Je demande si cela te plaît. Tu réponds qu'à tes yeux, un garçon a des cheveux courts, mais si cela me convient, c'est bien, il faut de tout dans la nature. J'adore que tu prononces ces mots-là.

Tu demandes comment ça va au Conservatoire. Je noie le poisson. Je raconte que Soledad est contente de moi, même si je dois beaucoup travailler. Ce n'est pas simple, mais je m'accroche.

Tu souris : « Oh, je suis content si content, mon grand. » Tu dis que tu as préparé des confitures pour Madame Barbieri, il ne faudra pas que je les oublie avant de partir, je me sens mal. En fin de soirée, tu prends un air mystérieux : « J'ai une surprise pour toi. Devine ce que c'est. » Je me doute que tu as acheté des places pour le match Standard-Union Saint-Gilloise mais je donne ma langue au chat. Tu répètes : « Ce sera un week-end extraordinaire. »

Le samedi matin, nous allons au supermarché. Tu t'inquiètes que je mange suffisamment : « Tu es si pâle. » Nous croisons la voisine. Tu dis : « Il a trouvé sa voie. Il finit le Conservatoire. Sa professeure est contente de lui. Il ira loin. » L'après-midi, nous prenons la voiture pour Liège, tu mets Johnny Hallyday à toute blinde. Tu jubiles : « C'était un as, celui-là ! » Il fait froid dans les tribunes. Tu me donnes ta veste : « Je ne voudrais pas que tu t'abîmes la voix. » C'est un formidable match, les rouges sont menés 3-0. Tu es déçu, tu y as cru jusqu'au bout : « L'Union vient seulement d'arriver en Première division A. Standard aurait dû les laminer. » Je te réponds que les Saint-Gillois ont attendu quarante-huit ans pour entrer dans la cour des grands, alors ils ne perdent pas une minute : « Ça pulse à Bruxelles, Papa. » Tu passes ta main dans mes cheveux, tu les ébouriffes : « C'est pour ça que j'ai tellement peur que cette satanée ville me prenne mon petit gars. »

Le dimanche matin, tu as coupé des fleurs du jardin. Nous marchons jusqu'à la maison de retraite. Durant le trajet, je m'inquiète de ce que nous allons y trouver. Toi, tu parles du temps, d'Henri qui va partir en Corse, du barbecue des matons. Nous sommes arrivés. Nous montons au troisième étage, tu frappes à la porte de la chambre, tu dis : « Notre petit gars est revenu, Mamy. » Elle est assise à côté de la fenêtre. Ça me brise le cœur que, de toute sa maison, elle ait juste pu emporter l'armoire de la chambre, le fauteuil et la petite table. Je m'assieds à côté d'elle pendant que tu vas chercher un vase chez les infirmières. Elle a le temps de me demander des nouvelles et je lui raconte la vérité. Tu reviens, je m'interromps et nous parlons d'autre chose. Tu restes debout, tu ne dis rien, tu nous regardes, tu prends des photos avec ton téléphone. En sortant, je suis décidé à te parler, mais tu murmures : « C'est quelque chose de la voir là. Je l'aime comme une mère. Plus, parce qu'une mère je n'ai jamais su ce que c'est. » Je te sens tellement triste que je n'ai pas le cœur d'en rajouter. Le reste de la journée passe à toute allure. Je n'arrive pas à te parler. Avant le départ, tu me prépares un sac avec toutes les provisions. Tu répètes : « J'ai tout le temps de cuisiner maintenant » et je me dis que c'est trop tard, je ne peux pas te balancer en pleine tronche ce que je suis et me casser. Je me sens nulle. Nous arrivons bien à l'heure à la gare. Sur le quai, tu dis : « Cela devrait durer plus les week-ends. » Le train approche alors tu me serres comme à chaque fois. Tu me répètes de faire bien attention. Je sens une boule monter dans ma gorge. J'ai la sensation de te voir pour la dernière fois. Je te dis de ne pas attendre. Tu fais oui, oui, mais tu restes jusqu'à ce que le train démarre. Je t'imprime dans ma mémoire, je me force à garder les yeux grands ouverts, à sourire et quand ton image disparaît, j'éclate en sanglots.

Le 15 septembre, Anna me conduit à l'hôpital Molière. Dans la voiture, elle me demande si j'ai peur. Au contraire, je suis impatiente. Une infirmière me mène à ma chambre, le docteur Thomas passe me voir : « Comment vous sentez-vous, Madame Couturier ? » Je voudrais répondre : « Bien, très bien ! », mais mon menton se met à trembler. Le docteur dit que mon émotion est normale. Il s'agit de bien plus qu'une opération. Je murmure : « Une renaissance. » Avant que je parte en salle d'opération, Anna passe sa main sur mon visage : « Ma façon de lui dire au revoir. »

L'opération dure quatre heures. Quand je reviens dans la chambre, je suis couverte de bandages, j'ai de la glace sur le visage. Anna est livide. Même si la douleur me tenaille et que je ne peux rien avaler de solide, je me sens incroyablement vivante. Il faut bien quinze jours pour que les chairs dégonflent et les bleus s'atténuent. Je me plais mieux, même si mon visage paraît légèrement distordu : féminin en haut et cette pomme d'Adam dans ma gorge.

Quelques jours après l'opération, tu m'appelles. Tu demandes comment ça va. Je me mets à mentir : « Je tousse, je soupçonne d'avoir attrapé le Covid. » Je ne rentrerai pas le week-end comme je l'avais promis. Tu es déçu, mais tu comprends, tu dis qu'il est important d'être vigilant : « On se reverra vite. » J'ai le cœur serré quand tu annonces que tu vas congeler la tourte que tu as achetée. Anna me passe un savon : « La fuite n'est jamais une solution. » Les jours passent et je m'empêtre dans une succession de bobards dont j'ai honte. Au téléphone, je me plains de ce Covid qui dure des plombes, puis d'une grippe, ensuite je prétexte cette démo que nous enregistrons tous les week-ends et qui patine…

Les trois mois avant la seconde opération passent à toute allure. Je retourne chez le docteur Thomas à la mi-décembre, puis à l'hôpital Molière finir ce qu'il a commencé.

Aujourd'hui, mon visage n'a plus rien à voir avec ce qu'il était. Bien sûr, quelque chose de Raphaël y demeure, mais adouci, arrondi. Parfois, quand je me regarde dans la glace, j'éprouve une sorte de vertige, il me semble apercevoir Maman. Cela ne fait aucun doute que je suis sa fille.

Mo raconte que chez les Indiens navajos, si les rôles réservés aux hommes et aux femmes étaient clairement répartis, des humains y échappaient. On les appelait les Êtres aux deux esprits. Ils pouvaient à la fois faire la guerre et s'occuper du foyer. En avoir un dans sa famille était un bienfait pour le clan. On les vénérait, on recherchait leurs conseils, estimant qu'ils comprenaient mieux le monde, puisqu'ils le voyaient à travers les yeux d'un homme et d'une femme. Les professions à responsabilité – chaman, médecin ou conseiller matrimonial – leur étaient réservées. Ils se mariaient avec la personne de leur choix, de leur sexe ou pas. C'était bien avant l'arrivée de Christophe Colomb, bien sûr. Lorsque les Blancs ont débarqué et ont découvert ces femmes guerrières et ces hommes au foyer, ils les ont traités de déviants, de dégénérés, de sodomites et les ont anéantis.

Mo répète que je dois être fière de ce que je suis. Toute sa vie, elle a menti. Elle a joué à l'homme que la société attendait. Elle a grandi à Gand dans un milieu catholique où les rôles étaient nettement répartis. Son père avait étudié la finance, il fallait qu'elle fasse pareil. Elle a eu un poste à responsabilité dans une banque. Elle s'est mariée, elle a eu trois enfants. Quand on parlait de transgenres devant elle, elle s'entendait raconter que c'étaient des malades. Un jour, elle est tombée en dépression : « Peu à peu, j'ai trouvé la force de dire qui j'étais et d'entamer ma transition. C'était ça ou mourir. » Elle a perdu tout contact avec ses enfants : l'association est sa famille maintenant.

J'aime parler avec Mo. Elle comprend ce que je vis. Je peux lui dire ce que je ressens sans qu'elle s'inquiète, ce qui n'est pas le cas d'Anna. Comme juste avant la prise d'hormones quand j'avais si peur, parce que tu commences mais tu ne sais pas où ça finit, Mo m'a dit : « La transition est un voyage, la vie aussi. Si tu t'arrêtes, tu meurs. »

Ma poitrine est un petit renflement désespérant. Pour rire, je dis à Mo : « Certaines ont des oranges, moi, des noisettes. » Je retourne chez le docteur Thomas, « Mon sauveur » comme je l'appelle vu que, depuis qu'il a transformé mon visage, ma vie est bien plus douce. Il me reprend à chaque fois : « N'exagérez rien, vous vous êtes sauvée vous-même, Madame Couturier, en arrivant jusqu'à moi. » Le docteur pratique un forfait non remboursé pour une augmentation mammaire qui comprend les consultations pré et post-opératoires, l'anesthésie, le prix des prothèses, l'acte en lui-même ainsi que la chambre en hôpital de jour. « Vous entrerez le matin et serez chez vous le soir. » Je demande si cela fait mal. Il répond : « Je ne vous cacherai pas que c'est très douloureux, mais je vous donnerai ce qu'il faut pour que vous souffriez le moins possible. Dans ma carrière, j'ai appris une chose, les femmes sont plus résistantes à la douleur que les hommes. Et les personnes comme vous sont, dans cette situation, de vraies femmes. » Le docteur demande que, pour le rendez-vous pré-opératoire, j'apporte des photos de poitrines de femme qui me plaisent : « Même si je ne peux m'engager à ce que vous ayez exactement les seins que vous me montrerez. Votre torse est naturellement plus large que celui d'une femme biologique, vos seins devront l'être aussi, sinon, cela paraîtra étrange. Je resterai dans l'esprit de votre demande et, avec votre taille et votre morphologie, vous construirai une poitrine qui vous conviendra. »

Le soir en rentrant, je regarde sur Internet des femmes dont la poitrine me plaît. Je cherche longtemps. Je ne veux pas me tromper. Je demande conseil à Anna. Elle dit : « Tu sais, moi, franchement… » Ce n'est pas facile pour elle d'imaginer que du jour au lendemain, encore un peu du corps de Raphaël aura disparu.

Noël approche et tu téléphones pour demander ce que je veux manger, à quelle heure j'arriverai, le film que je voudrai regarder, je sais que je ne viendrai pas mais je suis incapable de te le dire, de t'enlever cette joie-là. La veille, quand je t'écris par texto qu'un de mes collègues au Conservatoire a attrapé le Covid et que je suis cas contact, je me sens tellement monstrueuse et je n'ai pas la force de répondre à ton appel. Ce Noël-là, même si je le passe avec Anna, est triste comme la pluie.

Depuis mon arrivée à Bruxelles, j'ai de la chance. Les gens que je croise – Anna, Mo, Madame Barbieri, Maya, Borius, Stella, Exaucée… – sont plus doux, plus ouverts qu'à Arlon. Seulement, où qu'on vive, où qu'on soit, certains auront toujours du mal avec la différence. Au café, des gens changent de table lorsqu'ils réalisent qui je suis, d'autres murmurent sur mon passage. Le Covid Safe Ticket n'aide pas. Je m'installe, la serveuse me salue d'un Bonjour Madame ; en me scannant, elle découvre mon identité et finit par m'appeler Monsieur. Je dois vivre avec ça.

Notre premier concert est prévu à l'asso le 25 janvier. Les quinze jours qui précèdent, nous répétons comme des malades. En général, je rentre avec Borius. De chez Maya, nous n'avons qu'à descendre deux rues pour atteindre l'arrêt. Borius porte son instrument comme un sac à dos. Il a beau être grand, de derrière on a la sensation que la contrebasse avance toute seule. J'aime les trajets avec lui, il a une manière singulière d'analyser les choses. Il pense que réduire les êtres à un genre est une absurdité, chacun de nous est multiple.

Ce soir-là, Borius rentre à Mons chez ses parents. Sa sœur qui habite Bruxelles vient le chercher chez Maya. Après son départ, nous parlons des vêtements que nous mettrons le soir du concert. Elle voudrait que je lui donne mon avis sur ce qu'elle a choisi. Il est 22 h 45, je me décide à partir. Maya propose que je reste dormir. J'ai un rendez-vous médical tôt le lendemain, je refuse. Il fait étonnamment doux ce soir-là. Je ne porte pas mon long manteau noir qui me protège de tout, mais une petite veste en jean. Je marche d'un pas rapide jusqu'à l'arrêt. Deux hommes sont assis sur le banc, une bière à la main, ils rient et parlent fort. Je reste à l'écart. Je regarde sur mon téléphone combien de temps il me reste à attendre le prochain tram : 12 minutes. J'entends un : « Salut, Beauté. » Je regarde ailleurs. Ils insistent :

« Hey, on n'est pas des chiens, Beauté, tu peux répondre. » Alors, je leur dis bonsoir. Ils me proposent de boire un coup avec eux, je fais un signe de tête pour dire non merci. L'un d'eux se lève, se plante devant moi, me tend sa bière, me dévisage et, d'un coup, je vois son œil vriller : « Hé, mais ça alors, il y a tromperie sur la marchandise. Ricky, ce n'est pas une meuf, mais un travelo. Un putain de travelo. » Je m'entends répondre : « Pas travelo, trans, je suis une femme trans. » L'homme voit rouge : « Putain, comment tu me parles ? Comment tu oses ? Espèce de chiure. Sale pute tu entends, sale pute. » Et je me prends une baffe dans la tête. Je ne m'attendais pas à ça, je reste pétrifiée. Je me prends la deuxième, la troisième, la quatrième. Ils s'y mettent à deux à présent. J'ai bien moins de force qu'eux et, avec mes talons, j'ai du mal à résister. Bientôt je roule au sol, ils me rouent de coups de pied, je les supplie d'arrêter, je suffoque, je hurle, j'appelle, mais personne ne vient. Je pense qu'ils vont me tuer à deux pas de chez Maya qui doit dormir à présent quand, inexplicablement, ils détalent. Quelques secondes plus tard, j'entends un bruit de tram. J'ai mal partout, le nez et l'arcade sourcilière en sang. J'ai peur que le visage du docteur Thomas soit irrémédiablement détruit. Il faut que je me relève. Je prends appui sur mes mains et me redresse, je monte les marches et m'effondre sur le siège à côté de la porte. Il y a quelques voyageurs assis. Je sens leurs regards posés sur moi, mais personne ne s'approche. À Montgomery, je descends et prends le 81 en direction de chez Anna. Avant d'arriver, je lui envoie un texto : « J'ai eu un petit accident, ne t'inquiète pas. »

Elle hurle en voyant mon visage tuméfié : « Qui t'a fait ça ? » Elle veut m'emmener au commissariat. Au début, je refuse. J'ai peur de tomber sur un flic transphobe : « Il vaut mieux faire profil bas. Je n'ai rien de cassé, dans quelques jours, ce sera oublié. » Elle devient dingue : « Si tout le monde réagit comme toi, rien ne changera. » Je finis par céder. Nous marchons jusqu'au commissariat. Mes côtes me font mal. Nous sommes accueillies par un jeune flic, très doux, qui encode scrupuleusement ma déposition. Lorsque nous prenons congé, il dit : « Vous avez bien fait de venir. Même si nous avons peu de chance de retrouver vos agresseurs, cela sera repris dans les statistiques des violences faites aux femmes. »

Sur le chemin du retour, Anna me fait promettre de ne plus jamais rentrer seule à la nuit tombée. Le lendemain, elle nous inscrit toutes les deux à un cours de krav-maga – une technique d'auto-défense mêlant boxe, lutte, judo et ju-jitsu – réservé exclusivement aux femmes. Lors de la première séance, Judith, la coach, nous répète que tous les coups sont permis.

Le lendemain de l'agression, j'ai une tête de boxeur. Le concert a lieu cinq jours plus tard. Je ne serai jamais visible. À la répétition suivante, Borius se confond en excuses : « Si tu étais rentrée avec moi, rien ne serait arrivé. » Je dois trouver une solution pour mon visage, sinon nous devrons annuler. Quelque chose de strange, de joyeux et, si possible, de militant. « Pourquoi ne pas maquiller ton visage aux couleurs de l'arc-en-ciel ? », propose Maya. L'idée me tente, mais j'ai peur de ne ressembler à rien. Borius est contre : « Nora sur une scène, c'est déjà militant, pas besoin d'en rajouter. » Sur Internet, nous regardons la signification des couleurs du drapeau LGBTQIA+ : le rouge pour la vie, l'orange pour le réconfort, le jaune pour le soleil, le vert pour la nature, le bleu pour l'art et le violet pour la spiritualité.

Maya dit : « Ton visage recouvert de bleu, c'est militant. Ça dit les coups, l'art et les rêves. J'ai les cheveux bleus, Borius, tu n'auras qu'à trouver un gilet de costume bleu flash. Nous serons les Strange Blue. »

La veille du concert, je dors à peine. À trois heures du matin, comme je me retourne encore, Anna me prépare un bol de lait chaud avec du miel : « Tu ne joues pas toute ta vie demain. C'est le début d'un chemin, fais confiance. » Je m'endors en tenant sa main.

Dans la loge, j'étale du bleu ciel sur mon visage, indispensable, même si mon arcade sourcilière et mon nez commencent à dégonfler. Je porte la robe de mon anniversaire et des bottillons bleus à paillettes. « Tu es très belle, dit Borius, totalement Strange ! » Nous faisons un selfie juste avant de monter sur scène, tous trois, serrés les uns contre les autres. « La famille bleue », murmure Maya. Mo vient nous prévenir que le concert commencera avec un peu de retard parce qu'il y a un monde de ouf : « Tout ton squat est venu ! Il y a même des gens debout. On est un peu en infraction, mais bon… »

Nous arrivons dans la salle, minuscule, j'ai l'impression que mes jambes ne me porteront pas jusqu'au micro, je cherche Anna des yeux, elle est assise au fond, à côté de Madame Barbieri qui me fait un signe de la main, juste derrière Corinne et sa sœur qui habite Bruxelles. Borius a relevé sa contrebasse. Maya se tient derrière le clavier. Je les regarde l'un et l'autre. Ils hochent la tête, ce qui veut dire : « Quand tu veux, Nora. » Je m'approche du micro, je dis : « Bleu au corps / Bleu à l'âme /Aujourd'hui le monde est bleu / Étrange / Comme nous / Il n'y a plus d'itinéraire / Plus de parcours obligé / Seulement celui que nous empruntons ensemble / Merci d'être là / Merci pour votre sourire derrière les masques / Merci d'être Strange. » Cela applaudit à tout rompre.

Nous commençons par un titre de Suzanne Vega que nous avons travaillé à la dernière minute, *Luka*, l'histoire d'un enfant que l'on maltraite, que je veux chanter pour tous les enfants qui ne sont pas comme les autres. J'ai été cet enfant et je le suis toujours. Ensuite, j'attaque la chanson de Maman :

Under my strange skin
You recognized your girl
Your little baby girl
You were the only one to see.

J'ai peur qu'elle ne soit pas bien reçue, mais dans les yeux des spectateurs, j'aperçois de la lumière. Alors, nous enchaînons avec *Les lamentations de Didon*, puis *I am what I am*, ensuite *Vissi d'arte* et bien d'autres. Il me semble, Papa, que j'habite enfin un espace qui me ressemble.

Tu ne ramènes jamais de femmes à la maison. Pas une n'entre dans nos vies. Peut-être que tu ne rencontres personne de suffisamment fort pour prendre la place de Maman. Je ne sais pas si tu es heureux. Je ne te pose jamais la question. Tu me fais inlassablement le récit de l'amour que tu as vécu avec elle. Un sentiment immense, capable de te porter jusqu'à la fin de tes jours. Tu ajoutes sans cesse de nouveaux détails, des anecdotes inédites, des péripéties. Au cours de français, nous avons appris comment se construisent les légendes. Une histoire tellement contée qu'elle perd tout lien avec le réel.

J'ai seize ans. Un soir que je sors plus tard de l'Académie de musique, je reconnais ta voiture à deux pas du bar L'Ultimo. Quand j'arrive à sa hauteur, sur le trottoir d'en face, voilà que tu en sors, accompagné d'une femme aux cheveux rouges que je ne connais pas. Elle porte une robe léopard et des talons immenses. Elle est très maquillée. Elle ne ressemble pas du tout à Maman. Vous riez et parlez fort tous les deux. Tu as bu. Je me colle dans l'ombre d'une maison pour que tu ne m'aperçoives pas. Tu mets tes mains sur ses fesses. Tu l'embrasses longtemps, puis vous vous séparez. J'arrive après toi à la maison. Je dis : « Andy a terminé plus tard. » Tu réponds que tu viens de rentrer du boulot. Et je comprends que, comme moi, tu racontes des histoires. Il y a l'amour qu'on dit et l'amour qu'on fait.

Au premier rendez-vous, le docteur Dan explique : « C'est important que vous pensiez à faire congeler votre sperme. » Je réponds qu'il n'en est pas question. Je ne veux pas d'enfant, je ne veux pas qu'il soit un souffre-douleur comme je l'ai été durant toutes ces années. Je refuse qu'on se moque de lui à cause de ma transition. Le docteur insiste : « Vous êtes jeune. Aujourd'hui vous n'y pensez pas, mais un jour vous pourriez avoir envie de fonder une famille. Les mentalités évolueront, croyez-moi. » Je pense à tout ce que tu ne jettes pas et que tu conserves dans l'armoire du corridor :

mon train en bois, ma couverture de naissance, la petite lampe de chevet. Un jour que tu répétais que nous manquions de place, je t'ai demandé pourquoi tu ne te débarrassais pas de tout ça. Tu as murmuré : « Ce sera pour les petits-enfants. »

Au collège, on me traitait de pédé, de tantouze et je ne répondais rien, parce que je ne parvenais pas à dire ce que je ressentais. Je n'ai pas eu beaucoup de relations, c'est vrai, mais il y a une chose dont je suis sûre : ce n'est pas parce que je me sens femme que, d'office, je suis attirée par les hommes. Il n'y a pas d'inclination obligée. L'identité et l'attirance n'ont rien à voir.

Et donc, dans ma vie, même si je suis une femme, il y a Anna. Je n'ai pas de mots pour dire ce qui me lie à elle. Notre relation est faite de douceur, de silence, de liberté, de protection indéfectible. Elle m'a apporté la joie et la sécurité. Elle est mon grand amour, même si le chemin que je prends est complexe et que, certains jours, je me demande ce qu'il adviendra de nous. Elle dit : « Quand je t'ai connu, comme tu n'étais pas clair avec toi-même, tu ne l'as pas été avec moi. J'en comprends les raisons, mais c'est compliqué à accepter. » La transition me demande beaucoup de force et d'énergie, parfois Anna se sent abandonnée. Elle doit faire le deuil de la vie qu'elle a imaginée avec moi, de cette apparence de moi qu'elle a aimée au premier regard et que je suis en train de faire disparaître : ma peau d'homme, mon corps d'homme, ma voix d'homme. Elle s'efforce de tenir du mieux qu'elle peut. Parfois je lui demande : « Tu m'en veux ? » Elle secoue la tête : « C'est au-delà de toi. »

Il y a d'autres rendez-vous chez le docteur Dan et, toujours, il revient avec cette question de descendance. Un jour que je marche dans la ville, je pense à Anna qui rêve de fonder une famille. Anna qui, de ses mains, embellit le monde ; Anna dont les hommes ont traversé la vie sans s'arrêter car toujours son visage se dresse comme un obstacle ; Anna qui m'a raccrochée au monde et sans elle, je crois bien que je n'y serais plus. Si je dois unir mes gènes, les tiens et ceux de Maman, à quelqu'un, je n'imagine qu'elle. Je suis prêt à être la personne qui lui permettra de réaliser ce rêve. Je peux écrire cette histoire-là. Le rôle que j'y tiendrai, je l'ignore et j'obéis au docteur Dan.

Hier soir, nous nous sommes retrouvés au café Belga avec Maya et Borius pour faire le bilan du concert et des perspectives. Borius pense qu'on a déchiré et nous a trouvé une date au mois de décembre à L'Archiduc, un autre café au centre de Bruxelles. Il dit : « C'est le début d'une tournée mondiale. »

Maya voudrait qu'on sorte un CD. Pour ça, il nous faudrait une démo. Nous allons enregistrer le morceau qui a cartonné au concert de l'asso : *Beautiful and Strange*. Un de ses potes vidéaste a proposé de nous réaliser un clip. Il prendrait des images de nous près du canal, à deux pas des usines et des moulins à vent. On marchera, on parlera, on rira, on dansera.

Voilà, tu sais tout.

Peut-être que tu ressens une peine immense. Une colère immense. Peut-être que tu te dis *Après tout ce que j'ai traversé, il faut encore que je supporte ça. Je n'en ai pas la force. Je ne veux pas.*

Toutes les familles prennent nos transitions de plein fouet. Ce sont des tsunamis, comme pour nous. Ce n'est pas ce que vous souhaitiez. Nous non plus. Si j'avais eu le choix, sûrement je me serais choisi une route plus facile.

La famille de Mo ne lui parle plus. Le père de Brune lui a cassé la gueule et a menacé de la tuer si elle remettait les pieds au village. Le frère de Lydie s'obstine à l'appeler Grégoire. Mais il y en a d'autres, bien plus douces, où après la déception, les larmes, les mots, chacun finit par trouver sa place. Pour toi et moi, je rêve d'une histoire qui finisse ainsi. Je ne veux pas que nous devenions des étrangers. Je ne veux pas reproduire ce qui est arrivé avec tes parents. Je ne cessais de te demander s'ils étaient morts et tu ne répondais rien. Je voulais que tu me racontes et tu refusais toujours. Et puis, un jour, tu m'emmènes voir cette maison, de l'autre côté de l'autoroute, et je réalise que ce n'est pas si loin de chez nous. Et que durant toutes ces années, nous avons vécu à quelques kilomètres. Tu te gares. Les murs sont jaunes et les volets cassés. Tu ouvres la portière, tu vas sortir de la voiture. Je demande : « Je vais enfin les rencontrer ? » Tu te rassieds. À l'intérieur, les lumières sont allumées. Tout autour, le sol est couvert de débris de ferraille, il y a même une carcasse de voiture rouillée, on dirait une décharge. Je regarde la maison. Je me demande comment tu as pu grandir là. Pour la première fois, tu me racontes comment tu as encaissé la ceinture et les coups de ton père jusqu'à ce que ta colère arrive et que plus personne ne puisse faire quoi que ce soit de toi : « J'étais un chien mauvais. » Heureusement, tu as rencontré Maman. Tu murmures : « Sans Suzanne, je… » Ta voix est basse. Tu as l'air si petit derrière ton volant. On ne dirait jamais que tu tiens tête aux caïds de la prison. Je ne sais pas quoi dire. Je t'aime tellement. Nous restons quelques instants silencieux, puis tu refermes la portière et tu redémarres. Pour nous, je ne veux jamais ça.

Je suis plus heureuse maintenant. Bien plus heureuse. J'aime ce que je fais, je suis entourée de gens qui m'apprécient. Je me sens à ma place.

Il y a des explosions de joie.

C'est un « Bonjour, Madame » à la pharmacie.

Anna qui dit que le rouge me va bien et que je pourrais en porter plus souvent.

Une infirmière qui appelle « Madame Couturier » dans le couloir.

Une inconnue qui s'approche dans la rue : « Je suis jalouse. Vous avez des jambes incroyables. »

Un message sur Facebook : « J'étais au concert des Strange hier, ce que vous faites avec votre voix déchire. Vous êtes une putain de guerrière. »

Un homme qui me laisse passer en disant : « Après vous. »

Mon visage dans le miroir chaque matin.

Dans quelques semaines la poitrine de mes rêves.

Il ne manque que toi.

J'espère que ce que j'ai écrit ne changera en rien ta décision de venir à Bruxelles ce dimanche. Je comprendrais si tu ne viens pas. Chacun est libre. On pourra remettre cette rencontre au dimanche suivant si tu as besoin de temps ou à celui d'après, ou à celui d'encore après. Tout est bien.

Ce dimanche-là, je t'attendrai Gare du Midi. J'arriverai bien à l'avance. Je serai sur le quai. Quand le train d'Arlon entrera en gare, je chercherai à t'apercevoir derrière les vitres. Dans la foule des voyageurs, soudain, je te verrai. Je te reconnaîtrai, même si tu auras peut-être changé, toi aussi. J'agiterai la main. Je m'avancerai vers toi.

Nous serons maladroits après tout ce temps. Je te dirai que je suis contente que tu sois venu. Je demanderai si tu as fait bon voyage. J'insisterai pour porter ton cabas. Je remarquerai qu'il est lourd. Je dirai : « Mais qu'est-ce que tu as mis dedans ? On dirait un déménagement ! » Plus tard, je découvrirai les saucissons, les confitures, la terrine et le cake aux pommes.

Il ne faudra pas prêter attention aux regards, aux gens qui nous dévisagent, certains ne remarqueront rien, d'autres se demanderont ce que je suis. Il ne faudra pas que tu en aies de la peine. Si tu marches à mes côtés, tout glissera sur moi comme la pluie sur les vitres dans une maison bien chauffée.

Nous sortirons de la gare. Je commanderai un Uber. Nous emprunterons le grand boulevard. Nous passerons devant la prison de Forest, puis devant l'usine Audi. Je te dirai : « C'est ici qu'ils font toutes les voitures. »

Nous arriverons devant le squat. Je murmurai : « C'est là. » Nous passerons la grande porte. Nous traverserons le jardin. Nous entrerons dans le bâtiment. Je te montrerai tout : la cuisine, le salon, la salle de bains, le studio, ma chambre. Je te présenterai les squatteurs. Ils seront contents de te voir. Nous ferons le tour du potager et tu reconnaîtras chaque plante. Nous mangerons une salade avec du saumon comme tu aimes et du pain d'épeautre. Pour le dessert, Anna viendra nous rejoindre. Je lui ferai goûter ton cake, le meilleur de la terre. Je te montrerai la vidéo du concert des Strange. J'espère que tu aimeras, même s'il y a des chances que tu dises : « C'est spécial. »

Après le repas, pendant que je ferai la vaisselle, tu pourras te reposer sur mon lit. Je t'apporterai une couverture et le petit chauffage s'il fait froid. Ensuite, nous irons au parc Duden. Il est très beau, en toute saison, sauvage. Nous marcherons au rythme qui te convient, au milieu des familles qui arpentent les allées le dimanche. Nous ne serons qu'un père et une fille. Nous passerons devant le stade de l'Union Saint-Gilloise. Je dirai que personne ne misait sur eux. Et quand même, ils sont les premiers du classement. Comme quoi rien n'est impossible si on y croit.

La journée filera sans qu'on s'en aperçoive. Soudain, il sera l'heure de retourner à la gare. Nous arriverons bien à l'avance pour que tu n'aies pas à te presser. Je te proposerai d'acheter un journal pour le retour. Je me doute que tu refuseras. Le train entrera en gare. Et soudain je sentirai comme une envie de pleurer. Je te dirai que je suis contente que tu sois venu, que la prochaine fois, ce sera mon tour et je tiendrai parole. Avant que tu montes dans le wagon, j'aimerais que tu me serres dans tes bras.

Merci à Joël Simon, Delphine Quéreux-Sbaï, Nath Marseille, July Joncour, Michaël Lechien, Angélique Dugué, Camille Pier, Ariane Herman, Allan Arabian, Thierry Marchandise, Anne Bennert, Odile Margaux, la docteure Marijke De Cat, Dan Meyer, la professeure Camille Finck, Frédéric Burdot, Mariela Astudillo Ramirez, Emmanuelle Violet, Dominique Wenta, François Jongen, Peter de Caluwe, Camille De Rijck, Alberto Moro, Pieter Hulst, Vinciane Baudhuin, la docteure Bénédicte Mondovits, Lise et Sophie Vanvilers, la docteure Vinciane Corman, le docteur Sam Ward, Jessica Bajart, Stéphanie Lejeune, Thibaut De Coster, Laura Di Sciascio, Logan Lopez, Amy Topar, Anne-Sophie Corbeau, Camille Reyntens, Sasha Strong, Nathalie Hanin, le professeur Jean-Luc Nizet, le docteur François Hervé, le docteur Jean Vandromme, Balthazar Muller, Kevin Peunes, le docteur Hugues Fierens, le docteur

Antoine Chaumont, Max Nisol, Évelyne Gendarme, Françoise Mascart, Françoise Voisin, la professeure Anne-Françoise Spinoit, Caroline Déom, Tim Sadzot, Pascale Browet, Antoine Henrotin, Alix, Camille Warnier, Karen Kandiyoti, Nathalie Skowronek, Maud Simonnot, Martine Mabille et sa classe de sixième du lycée Émile-Max qui ont été les premiers lecteurs du roman.

Je remercie du fond du cœur mes relecteur·rices et validateur·rices : Martine Potencier, la professeure Dominique Morsomme, Séverine Lhode, le professeur Pierre Vico et Patricia Vergauwen. Leurs retours bienveillants et musclés ont été précieux.

Une pensée toute particulière à Alexandre Caputo qui a suivi au jour le jour l'écriture du roman et à toute l'équipe du Théâtre les Tanneurs auquel j'ai la chance d'être associée.

L'écriture de ce texte n'aurait pas été possible sans le soutien aux résidences de création littéraire de la Région et la DRAC Grand Est de la commune de Cormontreuil. Merci à Corinne Mayens, Valérie Grisey, toute l'équipe de la bibliothèque, les enseignant·e·s, les élèves, le groupe d'écriture, Vincent de la MAS et tous les pensionnaires qui ont soutenu ce projet sans vaciller. Un merci tout spécial à Victor Gallard pour ses encouragements et toutes mes pensées à Julien Pontvianne.

Merci à Agnès Nivière.

Et, last but not least, merci à Charles Dantzig pour ses retours, son exigence, le courage.

DANS LA MÊME COLLECTION

JERÔME BASTIANELLI, *La Vraie Vie de Vinteuil,* roman
XAVIER BOURGINE, *Les Ultimes,* roman
NICOLAS CANO, *La Séquestration,* roman
PHILIPPE COSTAMAGNA, *Histoires d'œils*, essai – *Les goûts de Napoléon*, essai
PIERRE DUCROZET, *Eroica,* roman
ALEXANDRA FRITZ, *Branques,* roman – *Les Évadées,* roman
ORIANE JEANCOURT GALIGNANI, *Hadamar,* roman – *La Femme-Écrevisse*, roman – *Quand l'arbre tombe*, roman
GÉRALDINE KOSIAK, *Chez nous,* récit
VINCENT JAURY, *La Petite Bande,* roman
JOY MAJDALANI, *Le Goût des garçons*, roman
CLÉMENTINE MÉLOIS, *Sinon j'oublie,* roman – *Dehors, la tempête,* essai
SÉBASTIEN MINISTRU, *Apprendre à lire,* roman – *La Garde-Robe,* roman
LAURENT NUNEZ, *Si je m'écorchais vif,* essai – *L'Énigme des premières phrases,* essai
LOÏC PRIGENT, *« J'adore la mode mais c'est tout ce que je déteste »*, pépiements – *« Passe-moi le champagne, j'ai un chat dans la gorge »*, pépiements
REVUE LE COURAGE N° 1 *Littérature* 2015
REVUE LE COURAGE N° 2 *Les Salauds*
REVUE LE COURAGE N° 3 *Âge d'or / Âge de fer*
REVUE LE COURAGE N° 4 *Minorités supérieures*
REVUE LE COURAGE N° 5 *Orphée, retourne-toi !*
REVUE LE COURAGE N° 6 *Les vingt premières années du XXIe siècle vues par vingt écrivains*

Cet ouvrage a été imprimé
par CPI Firmin-Didot au Mesnil-sur-l'Estrée
pour le compte des éditions Grasset
en juin 2023

Mise en pages
PCA 44400 Rezé

PAPIER À BASE DE FIBRES CERTIFIÉES

Grasset s'engage pour l'environnement en réduisant l'empreinte carbone de ses livres
Celle de cet exemplaire est de :
500 g éq. CO_2
Rendez-vous sur www.grasset-durable.fr

N° d'édition : 22868 – N° d'impression : 175299
Dépôt légal : août 2023
Imprimé en France